영화 글쓰기 강의

영화 글쓰기 강의

강유정 지음

영화를 깊이 읽고,
생각을 정리하는 방법

북바이북

시작하는 당신에게

글쓰기는 아주 어린 시절 시작된다. 최초의 글쓰기는 일기나 카드 쓰기의 양식을 띤 경우가 많다. 일기는 내면의 응시이다. 하루의 일과를 건조하게 적어 내려간다 해도 그것은 '내면'을 통과한 문장이다. 어떤 '글'이든 여과되지 않은 생각일 수는 없다. 어떤 글이 오만하고 난폭하다면 혹은 어떤 문장이 다정하고 사려 깊다면, 그건 그 사람의 생각이 가진 결이 그러함을 보여준다. 섬세한 글쓰기가 환영받는 이유이다.

한편 카드 쓰기는 독자를 의식하는 최초의 글쓰기이다. 엄마, 아빠에게 처음으로 쓴 카드는 '자녀'라는 역할이 없다면 불가능한 글쓰기이다. 가면의 첫 번째 성공인 셈이다. 자녀로서, "엄마, 아빠 사랑해요."라고 쓸 수 있다는 것은 대단히 드라마틱한 내면화 과정이 성공적으로 끝마쳤음을 보여준다. '사랑'이라는 어렵고도 행복한 단어를 어떤 순간, 어떻게 써야 하는지 알게 된 거니 말이다. 이런 카드를 받은 부모가 감동하지 않을 도리는 없다. 자, 이미, 당신은, 첫 번째 글쓰기로 독자에게 감동을 준 적이 있는 것이다.

글이란 곧 나에게서 출발해 남에게 가는 길이다. 모든 글은 '나'를 만나는 데서 시작해 타자에게 그런 '나'를 보여주는 것으로 맺는다. 나를 보여주며 타자와 만난다면 그래서 마음을 움직여 감동까지 준다면 그게 가장 훌륭한 글이다. 모든 이가 꿈꾸는 좋은 글의 이상인 셈이다.

우리는 간혹 영화를 보거나 소설을 읽으며 주체할 수 없는 감정의 흔들림을 경험한다. 즐거움, 슬픔, 재미, 고통과 같은 단순한 명사로 담아낼 수 없는 복합적이며 미묘한 감정의 동요. 나는 대개 이런 영화들을 좋아한다. 훌륭하다고 평가한다. 일상이 담아내기 어려운 심리적 문제의 심연을 다루는 작품들 말이다. 그런 작품들의 표면은 고요하지만 그 아래는 격동으로 출렁인다. 격동은 보는 이에게는 바로 전달되지만, 그걸 말과 문장으로 표현하기란 쉽지 않다. 강한 존재감으로 감지되지만 표현하기 어려운 감정, 그것을 끌어내는 것이 바로 영화 글쓰기의 소박하면서도 원대한 목표이다.

좋은 영화는 인간이기에 가질 수밖에 없는 내면의 견고한 불안을 시각화한다. 〈박쥐〉(2009, 박찬욱)의 신부는 흡혈귀로 바뀌어 피에 대한 갈증에 시달리고, 〈다크 나이트〉(2005, 크리스토퍼 놀란)의 조커는 자꾸 어긋나는 오답을 정답처럼 제시한다. 가령, 다음의 대화를 한 번 보자.

"머리 잘랐니?"

"괜찮아요?"

"잘 어울리네."

"감자튀김은 안 먹어?"

"마지막에 먹으려고요."

"왜?"

"제일 좋아하는 건 마지막에 먹어요."

"나도 그래."

영화 〈킬링 디어〉(2017, 요르고스 란티모스)의 첫 장면이다. 한 남자와 소년이 평범한 펍에서 버거와 콜라, 감자튀김을 먹고 있다. 두 사람 사이에 오간 대화이다. 그런데, 결국 소년이 감자튀김을 먹는 모습은 이 장면에서 빠져 있다. 등장하지 않던 감자튀김은 영화의 마지막 장면에 등장한다. 소년은 자신의 감자튀김을 먹지 않는다. 함께 대화를 나눴던 남자의 딸이 케첩을 잔뜩 뿌려 감자튀김을 먹는 것을 지켜볼 뿐이다. 감자튀김에 대한 대화로 시작된 영화는 감자튀김을 먹는 소녀로 끝난다. 그렇다면, 그 사이엔 어떤 드라마가 펼쳐졌던 것일까? 이 가운데에는 상상하기 어려운 폭력과 공포, 저주와 불신이 있다. 감자튀김과 감자튀김 사이에 '뭔가' 있는 것이다. 그 뭔가가 있음을 느끼고, 무엇인지 고민하고, 고민의 결과를 써보고 싶은 것, 그런 간지러움을 느껴본 자가 바로 이 책의 독자이다.

그렇다고, 너무 두려워하거나 어려워할 필요는 없다. 영화에 대한 글쓰기가 이렇듯 깊고 복잡한 세계만 있는 것은 아니니 말이다. 대중적인 영화라고 해서 글쓰기가 쉬운 것도 아니다. 흥행에 성공한 작품들은 그런 결과를 가져온 사회학적 독법을 요구하는 경우가 더 많다. 느껴지지만 보이지 않는 사회학적 연관성과 대중심리를 읽어내는 것도 중요하다.

영화 글쓰기는 누구나 할 수 있다. 아무나 잘할 수는 없지만 마음만 먹으면 가능하다. 영화를 보고 나서 시간의 흐름에 따라 지워버리는 게 아니라 그 시간과 체험을 고스란히 남기고 싶다면, 영화 글쓰기의 기본적 욕구는 확인한 셈이다. 일기 쓰기와 카드 쓰기, 이 안에 영화 글쓰기의 근간도 있음을 잊지 말자.

차례

1.
영화 글쓰기란
무엇인가

글쓰기의 정석

수많은 글쓰기 책들이 있다. 유시민 작가처럼 이 분야에서 독보적인 성공을 거둔 분도 계신다. 난 사실, 그런 책이 나올 때마다, 어떻게 글쓰기를 책 한 권으로 가르칠 수 있을까 의아스러웠다.

글쓰기는 연습하고 배울 수는 있지만 책 한 권으로, 단번에 가르칠 수는 없다. 적어도 내가 오랜 기간 학교를 비롯한 글쓰기 강의 공간에서 터득한 지혜는 이것 하나이다. 좋은 글을 쓸 수 있는 가장 좋은 방법은 노력하는 것이다.

만약, 글을 쓰려는 사람에게 도움을 준다면, 가장 좋은 방법은 그들이 쓴 글을 매번 들여다보고, 고쳐주고, 같이 이야기를 나눠주는 것이다. 실제 내 글쓰기 수업이 그렇게 진행된다. 써 와서 같이 읽어 보고, 잘못된 부분은 고치고, 더 나아질 수 있는 부분을 알려줘, 자신의 글을 볼 수 있게 도와주는 것이다.

이렇게 쓰고 보니, 글쓰기 공부라는 게 헬스 트레이닝이나 운동과 상당 부분 닮아 있다. 훌륭한 트레이너 분들이 많지만 그들이 대신해서 예쁜 몸을 만들어주거나 체중을 감량해주는 것은 아니다. 다만 그 운동을 하는 사람이 다치지 않고 할 수 있게, 좀 더 효과적으로 할 수 있게, 좀 덜 지치게 옆에서 응원하고 도와주고 가르쳐주는 사람이 바로 트레이너다. 트레이너, 한국어로 풀이하면 조련사, 연습을 도와주는 사람이다. 즉, 연습은 자신이 하는 것이다. 몸을 만들고 싶은 스스로 운동을 해야 한다. 트레이너는 도와주는 사람일 뿐이다.

나 역시 마찬가지이다. 난 글을 쓰는 것을 평생의 일로 삼은 사람이다. 일로 삼은 글은 취미와는 사뭇 다르다. 실제로 글을 써서 돈을 벌기도 하고, 글 때문에 곤혹한 일을 맞기도 하고, 글 때문에 살아가는 일에 보람을 느끼기도 한다. 간혹 목숨을 건 글쓰기를 하는 사람인 셈이다. 이 책은 그런 의미에서 글쓰기를 단순히 재미나 취미가 아니라 매우 진지한 인생의 과업으로 생각하는 사람의 조언이다. 글을 잘 쓰는 노하우를 대방출하는 책이라기보다, 글을 잘 쓰기 위해 연습하고, 수련하고, 고민 중인 독자들에게 도움과 격려를 주는 책에 더 가깝다. 심지어 난 글쓰기를 한 번에 다 가르쳐주겠다고 호언장담하는 책들은 다 거짓말이라고 본다. 만병통치약이 세상에 없는 것처럼 그런 방법은 없다. 만약, 그런 방법을 찾아 이 책을 펼쳤다면, 포기하는 게 낫다. 아니, 말은 똑바로 해야겠다. 지금껏 읽었던 그런 책들에 속았음을 이젠 알아야 한다.

글쓰기를 가르칠 수는 없다. 하지만 배울 수는 있다. 연습할 수 있다. 그래서 나아질 수 있다. 글은 쓰면 쓸수록 늘기 때문에. 하지만 글을 쓰면서 도대체 무엇이 좋은 글인지 짐작할 수 없다는 분들이 많다. 예쁘게 가꿔진 몸은 문외한이 보아도 대번에 알아볼 수 있다. 글쓰기의 어려운 점은 좋은 글을 쓰는 것은커녕 좋은 글을 알아보는 데도 상당한 시간과 노력이 필요하다는 사실에 있다. 그래서, 이 책은 좋은 글을 쓰는 데 필요한 기초 체력을 기르는 훈련서가 되고자 한다. 한 가지 분명한 것은 좋은 글을 읽을수록 좋은 글을 쓸 수 있을 가능성이 높아지고, 글은 누구나 쓸 수 있으며 노력에 대한 보상이 있다는 사실이다.

우선 우리가 준비해야 할 것은 하나다. 글을, 특히 영화에 대한 글을 써보고 싶다는 열망.

이 열망은 뭔가 써보고 싶어서 빈 종이, 모니터 위에 깜박이는 빈 화면을 보면서 절절하게 느껴봤을 좌절감과 동의어다. 너무나 써보고 싶었는데, 한 줄도 못 써보고, 좌절을 느껴본 적이 있다면, 이미 당신은 글을 쓸 준비가 되었다. 좌절감은 열망의 다른 표현이기 때문이다. 글쓰기의 정석은 없다. 다만 글을 쓰고 싶은 열정과 노력이 있을 뿐이다.

글쓰기와 영화 글쓰기의 차이

글을 쓴다는 것은 무엇일까? 글쓰기에 앞서 질문이 먼저 필요하다. 영화 글쓰기란 영화와 글쓰기의 합성어이다. 영화 글쓰기는 간단하게 말하자면 영화에 대해 글을 쓰는 것이다. 영화를 보고 나서 글을 쓰는 데, 뭐 특별한 훈련이 필요할까? 영화를 보고 나서 글을 써보고 싶지 않은 사람이라면 고개를 갸웃할 수도 있겠지만, 한 번이라도 영화를 보고 난 이후의 느낌이나 감상을 글로 써보고 싶어, 끄적거려본 사람이라면 그게 그렇게 쉽지만은 않다는 것에 공감할 것이다.

우선 여기서 말하는 영화 글쓰기는 영화를 만들기 위한 글쓰기가 아니라 영화를 보고 난 이후, '나'의 글쓰기에 더 가깝다. 영화로 만들기 위한 글쓰기가 전문적인 공부와 연습이 필요한 영역이라면 영화를 보고 나서 글을 쓰는 것은 좀 다르다. 말하자면, 꼭 전문적인 준비와 학습이 필요한 영역은 아니다.

하지만 '나'의 글쓰기라는 사실에 주목하자. 영화를 보고 글을 쓰는 것은 수백만, 수천만 관객들이 공유하는 그 영화를 내 것으로 만드는 작업이다. 사실 돌이켜보면, 영화는 매우 사적인 취향이 아니었던가? 그녀와 첫 데이트에서 함께 본 영화, 부모님 몰래 친구들과 함께 본 미성년자 관람 불가 영화, 기분이 너무 우울했던 날 혼자 봤던 영화 등. 사실 글로 남기고픈 영화는 더 이상 '우리'의 영화가 아니라 '나'의 영화일 때이다. 누구나 다 보지만, 나만 느꼈던 그 무엇, 그것에 대한 남김 그것이 바로 영화 글쓰기의 기본 바탕인 셈이다.

그렇다고 영화를 보고 나서 글을 쓰는 경우가 모두 비전문적인 것은 아니다. 가령, 어떤 영화를 보고 글을 쓴다고 하자. 트위터나 페이스북에 간단한 소감평을 남기는 경우가 있다. 재미있다 혹은 재미없다, 다시 보고 싶다, 누구와 함께 보니 더욱 좋더라 등의 간단한 소감 말이다. 하지만 비슷한 매체라고 해도, 블로그나 포스팅을 통해 좀 더 길고 자세한 소감을 남길 때가 있다. 캐릭터나 연기를 분석하고, 때로는 감독의 전작과 비교하기도 하며, 장르적 특징을 언급할 때도 있다. 그러나 아직 이런 경우도 좀 더 구체적이긴 하지만 전문적인 영화 글쓰기라고 하기는 어렵다.

전문적인 영화 글쓰기라면 그 글로 돈을 버는 경우를 생각해보면 쉽다. 영화 전문지, 일간지, 인터넷 매체를 비롯해 소위 원고료를 받고 글을 쓰는 경우이다. 여기에는 영화 부문을 담당한 기자들의 글쓰기도 포함된다. 전문가란 자신의 일에 대가를 지불받는 사람들을 의미한다. 이는 물질만능이라는 게 아니라 세상에 어떤 글은 그런 대가를 지불해야만 볼 수 있는 글도 있다는 뜻이다. 그리고 전문가, 즉 프로란 그 대가를 의식하고, 가치 있는 글을 쓰는 의무를 가진 사람들을 칭한다. 즉, 전문가에게는 글이란 의무이다.

이 책에서 다루고 있는 영화 글쓰기는 소박하게는 자기 블로그나 포스트에 좀 더 나은 영화글을 올리고 싶어 하는 소망부터 전문가로서 대접받는 글을 쓰고 싶은 야망까지 아우른다. 글쓰기는 읽고, 쓸 줄만 알면 아무나 할 수 있지만 그렇다고 그런 모든 끄적거림이 글이 되지는 않는다. 모두가 다 할 수 있지만 아무나 할 수 없는 일, 그게 바로 글쓰기이다. 하물며 앞에 영화라는 제한적 수식어가 붙으니, 영화 글쓰기, 라고 하면 우선 막연하고 어렵게 여겨지는 게 당연하다.

글쓰기란 자기표현의 욕구이다. 글이라는 표현 매체를 통해 나를 그리고 내 안에 있는 생각을, 마음의 움직임을 드러내는 것이다. 대개 생각이나 마음은 단어로 떠돌기 마련이라서 그런 단어들을 문장으로 가라앉히고, 문장을 모아 글로 완성하는 작업은 쉽지가 않다. 단어들을 여럿 부려놓는다고 글이 되지는 않기 때문이다. 흩어진 블록들이 건축물이나 자동차가 바로 되지 않는 것과 마찬가지이다.

엄밀히 말해 글쓰기에는 특별한 방법이나 지름길이 없다. 사람들은 종종 영화 평론, 영화 글쓰기는 어떻게 해야 하나요라고 묻는데, 대답은 거의 하나로 압축된다. 많이 보고, 많이 읽고, 많이 써보세요. 이런 대답을 해주면, 마치 "어떻게 해야 공부 잘 하나요"라는 말에 "국영수 위주로요", 라고 대답하거나, "살을 빼려면 어떻게 해야 하죠"라는 질문에 "식이요법과 운동을 병행하세요"라고 말해주는 것처럼 맥 없어 한다. 간혹, "당신처럼 글을 쓰려면 어떻게 해야 하나요"라고 묻기도 하는데, 그래도 대답은 같다. "많이 보고, 많이 읽고, 많이 쓰세요."

그럼에도 불구하고, 글을 쓰는 데 도움이 되는 어떤 일들은 있다. 글쓰기로 바로 진입하는 지름길은 없어도 글을 쓰는 데 도움이 되는 생활방식과 학습습관, 세상을 바라보는 태도 및 훈련 방법은 존재한다. 그러므로 우선, 이 책이 의도하는 바는 그런 훈련에 대한 도움이다. 그 훈련의 첫 번째는 바로 영화 글쓰기든 뭐든 간에 그것이 바로 글을 쓰는 행위라는 것이다. 훌륭한 영화 글을 쓰는 것과 좋은 글쓰기에는 차이점이 별로 없다. 좋은 글쓰기의 좀 더 구체적인 하위 영역에 영화 글쓰기가 있을 뿐. 그러므로 영화 글쓰기의 첫 번째는 좋은 글쓰기 연습이다.

2.
가벼운 시작,
일단 써보기

메모는 나의 힘

영화를 보고 난 후 간단하더라도 메모를 남기는 게 좋다. 하지만 이게 생각보다 쉽지 않다. 그렇다면, 영화를 보고 난후 영화표를 모은다던가, 아니면 사진을 찍어 휴대폰에 저장을 해두는 것도 좋은 방법이다. 요즘엔 워낙 스마트폰 메모 기능도 좋다 보니, 거기에 간단하게 한마디씩 적어두면 된다. 인스타그램과 같은 SNS를 활용하는 것도 좋다. 누군가, 내 글이나 메모를 본다는 생각만으로도 좀 더 신중한 문구를 고민하기 마련이다.

영화표를 모으는 걸 시작하면, 20자평을 써보는 것도 좋다. 영화 글쓰기가 매체 글쓰기로 자리 잡으면서 생긴 관례 중 하나가 20자평이다. 스무 글자로 영화에 대한 평가와 이미지를 재현하는 일인데, 생각보다 20자로 생각을 정리하는 게 어렵다. 쓰다 보면 20자가 훨씬 넘어가기도 하고, 쓰고 나면 영화와 무관한 문장만 남을 때도 있다. 이런 고민들을 가지고 스무 글자를 선택해보자. 그러면, 어느 새 영화에 대해 꽤나 진지하게 고민하고 있는 스스로를 발견할 수 있을 것이다. 20자로 줄이는 동안 영화에 대한 나의 생각이 꽤나 정교해지고 세련된다. 그렇게, 다듬고 나면 이야기를 키워나가고, 문장을 확장해나가기 훨씬 더 쉬워진다.

모든 위대한 글들은 모두 한 문장에서 시작된다. 영화를 보고 난 후 어떤 느낌이 들었다면 그것을 남기자. 여기서 남긴다는 것은 완벽한 문장으로 남긴다는 게 아니다. 나만 알아볼 수 있는 소박한 메모면 된다. 가령, 〈건축학개론〉(2013, 이용주)을 보고 났더니, 수지가 기억에 남는다. 그럼 그냥, 수지, 건축학개론, 이렇게 써놓는다. 아니면, 김동률의 노래 〈기억의 습작〉이 기억에 남고 자꾸 되뇌게 되면, 〈건축학개론〉, 〈기억의 습작〉 이렇게만 써둬도 좋다. 아무 것도 써놓지 않는 것보다 뭐라도 남기는 게 훨씬 낫다. 그 작은 메모가 씨앗이 되어 영화에 대한 생각을 훨씬 더 크고 정교하게 확장시켜 줄 테니 말이다.

그러고 난 후, 〈건축학개론〉에 대한 어떤 감상을 남기고 싶을 땐 수지, 전람회, 정릉, 철길 등 기억에 남아 있는 단어들을 우선 다 꺼내볼 필요가 있다. 그리고 스스로에게 다시 물어보는 것이다. '왜 이러한 단어들을 챙겼지?'라고 말이다. 이러한 과정을 돕는 것 중 하나가 바로 영화표를 남기는 것이다. 요즘에야 휴대폰 카메라로 바로 찍어 남길 수도 있

고, 자주 가는 예매 사이트에 예매 기록이 남아 있기도 하다.
하지만 개인적으로는 핸드폰 사진과 같은 자신의 노력을 거
친 증거화 작업을 추천한다. 그러니까 스스로 나만의 기록을
남기는 것이다.

추억은 소중하다

사적인 일로 무척 소중하게 기억되는 영화들을 꺼내본다. 영화 글쓰기가 꼭 분석을 의미하는 것은 아니다. 영화를 보면서 생각났지만 영화와 상관없는 이야기가 더 매력적인 글로 남을 때도 있다. 정말 좋은 글들은 때로는 사적인 순간에 빚어진다.

과거엔 영화를 보러가는 일 자체가 대단한 '행사'였다. 단관 개봉이었기 때문에 어떤 영화를 보기 위해선, 꼭 그 영화관에 가야 하던 시절이 있었으니 말이다. 말 그대로 당시 대통령까지 봐서 화제가 되었던 영화 〈서편제〉(1993, 임권택)는 단성사라는 극장에 가서 봐야 했고, 〈사랑과 영혼〉(1990, 제리 주커)은 서울극장, 〈마지막 황제〉(1987, 베르나르도 베르톨루치)는 대한극장, 이런 식이었다. 그래서인지 90년대 초반까지 영화에 대한 추억은 자연스레 극장의 풍경과 함께 떠오른다. 영화 〈접속〉(1997, 장윤현)의 주인공 두 남녀가 피카디리 극장 앞에서 만나는데, 그 장면을 보면서 언젠가 피카

디리 극장에서 함께 보았던 어떤 사람이 먼저 떠오르는 것도 같은 이치이다.

이런 추억은 다른 말로 하자면 영화의 온도이고, 영화의 정서이다. 이런 정서는 영화 자체와 무관한 듯 보이지만 반대로 생각하면 영화의 줄거리는 다 잊어도 기억의 어느 한 부분에 남아 있는 것이기도 하다. 이런 정서와 추억을 영화 글쓰기를 통해 남겨보자. 의외로 이렇게 예민하고, 사소하고 매우 사적인 추억들이 타인과 트기 어려운 공감의 지역을 개척해주기도 한다. 사람들은 다 다르고, 다 바쁘게 자기만의 삶의 틀을 따라가지만 그러면서도 어떤 감정이나 정서는 공유하기 마련이다.

누구나 외로울 때가 있고, 한 번쯤 아플 때가 있고, 누구든 사랑하는 연인과 헤어질 때가 있고, 누구라도 삶이 퍽퍽하고 힘들게 느껴질 때가 있다. 그런 감정과 정서들을 공유하는 것, 그 비밀의 한 가운데에는 추억이 있다. 영화와 얽힌 추억을 무시하거나 쉽게 잊어버리지 말자. 그건 정말이지 소중한 글쓰기의 소재이다.

다시 〈건축학개론〉 이야기로 돌아가보자. 〈건축학개론〉은 단 하나의 공감대에서 출발하는 영화이다. "누구에게나 첫사랑은 있다"라는 보편적 사실 말이다. 그 사람이 연상이든, 연하이든, 예뻤건 그렇지 않았건 심지어 이성이건 동성이건 간에 상관없이 누구나, 감정이 있는, 사람이라면 첫사랑이라는 것을 가져볼 만하다. 만일, 한 번도 사랑해본 경험이 없다면 그건 거짓이거나 과장 혹은 위선임에 분명하다. 아니면 사이코패스이거나.

〈건축학개론〉이 풋풋한 작품으로 기억되는 것은, 수지 때문이다. 농담 같지만 완전히 거짓말은 아니다. 〈건축학개론〉 이후로 수지는 국민 첫사랑으로 등극했다. 그게 수지이기 때문이었을까, 아니면 누구든 이 영화에 출연하면 국민 첫사랑이 될 수 있었을까? 난 후자라고 생각한다.

〈건축학개론〉 포스터를 보면, 수지가 긴 생머리에 한 듯 안 한 듯 옅은 화장, 뭐가 들어가 있는지 궁금증을 유발하는 작은 크로스백, 전공이 뭔지 확실히 보여주듯 뒤집어 든 책 등으로 꾸며져 있음을 알 수 있다. 누가 봐도, 첫사랑 여대생의 모습이다. 〈클래식〉의 손예진이 그랬듯 〈엽기적인 그녀〉의 전지현이 그랬듯, 외모의 꾸밈이 거의 똑같다.

그러니까, 〈건축학개론〉은 새로운 삶의 시작, 대학의 첫 학기에 만나 진정한 어른의 연애에 대한 설렘을 부추겼던 그런 사람, 그 사람에 대한 공감대에서 출발하는 작품이다. 그곳이 대학이 아니라도 무관하다. 누구나에게 삶의 전환이 되는 어떤 장소는 있기 마련이고 〈건축학개론〉에서는 그곳이 대학이었고, 많은 20대 초반의 젊은이들이 대학 주변에 머무르긴 하니 말이다.

하지만 한편 첫 번째 사랑, 연애의 추억은 어떨까? 과연 아름답고, 순수하기만 할까? 주량도 모르고 마신 술 때문에 호감이 있는 사람 앞에서 토하거나 넘어져 추태를 보이진 않았을까? 너무 마음이 앞서가는 바람에 밀고 당기기도 못하고 그저 퍼붓고 질린다는 소리를 듣고 차이진 않았나? 그러고 나서도 그 사실을 인정하지 못해 질퍽질퍽 매달리면서 진상을 부리진 않았나? 돌이켜보니, 두 번째 사랑이었다면 도무지 할 수 없을 만한 창피한 일들을 처음이라는 이유로 너무 많이 저지르지는 않았던가?

그렇다. 〈건축학개론〉이 새로웠던 이유는 첫사랑이라는 이유로 무조건 순수하고 아름답게 치장되었던 그 이면에 놓인 시행착오와 무안함, 창피함을 꺼낸 작품이었기 때문이다. 누구나에게 첫사랑은 있지만 그건 성공담이라기보다 치욕스러운 실패담일 확률이 높다. 사실 연애도, 사랑도 학습이기 때문에 처음부터 잘해내기 쉽지 않다. 이 오래된 진실 위에 〈건축학개론〉은 새로운 첫사랑을 그려냈다. 그리고 이 현실은 누구나 다 경험한 우리의 것이기도 하다. 그 우리의 것을 기억하고 찾아내고, 돌아보는 것은 영화를 보는 데에도 무척 필요한 자질이다.

그렇다면, 이제 필요한 것은 바로 나의 경험이다. 배우

이제훈이 맡았던, 승민은 과거 배수지, 서연을 보고 입에 담기 힘든 쌍욕을 했다. 술 취한 그녀가 자취방에 선배와 함께 들어갔기 때문이다. 그 장면을 보고 나서, 왜 승민은 그렇게 심한 욕을 했어야 했나 각자의 입장에서 생각해보고 써보자.

그리고 영화 〈건축학개론〉은 제목처럼 '공간'과 추억이 긴밀히 연결되는 작품이다. 작품 속에서 미장센 구실을 했던 장소들의 의미를 생각해보고, 그것을 각각 인물들의 상황과 연관해 파악해 써보자. 그리고 왜 여주인공을 2인 1역으로 캐스팅한 것일까도 고민해서 써보자. 이렇게 써본 다음 그것을 자신의 추억, 개인적 체험과 연관해 좀 더 탄력적으로 구성해보자. 메모에서 출발했지만, 거기서 나아간 글이 하나쯤 마련되어 있을 것이다.

감동의 순간을 놓치지 말자

보고 나서 울었던 영화가 있을까? 아마 많지는 않더라도 한 두 편씩은 눈물을 흘린 영화가 있을 것이다. 운다는 것은 공감의 표현이다. 이 공감이란 주인공이 처한 상황과 형편을 마치 내 일처럼 느낀다는 의미인데, 가만 보면, 꼭 훌륭한 영화라고 해서 관객을 울리는 것은 아니다. 때론 전문가들의 평가가 형편없는 영화라고 하더라도 종종 관객석을 눈물바다로 만드는 경우도 있는데, 이런 눈물도 기록해둘 필요가 있다.

왜냐하면 눈물엔 두 가지 종류가 있기 때문이다. 감각을 자극해서 흘리는 눈물과 감정을 자극해서 흘리는 눈물, 이 두 가지 말이다. 전자가 좀 나쁜 경우라고 할 수 있는데, 이는 사람들의 선한 감정을 악용하기 때문이다. 사람들은 특별히 감정 구조에 고장 난 사람이 아니라면 타인의 불행에 안타까워하고 눈물 흘리기 마련이다. 그런데, 어떤 영화는 이 눈물을 짜내기 위해 과도한 고난과 고통을 주인공에게 가하는 경우가 있다. 나에게는 〈7번방의 선물〉(2012, 이환경)이 그랬다.

지적 능력이 부족한 아버지가 딸아이만큼은 성심성의껏 키우고자 한다. 하지만 딸아이에게 가방을 사주려고 했던 아버지의 의도가 잘못 전달되고, 억울하게 누명을 쓰고 만다. 결국, 아버지는 형장의 이슬로 사라진다. 아무 잘못도 없이 사형장의 이슬로 사라지는, 지적 능력이 부족한 장애인 아버지. 이 이야기엔 눈물을 쏙 빼는 조건이 여럿 있다. 게다가 9살 소녀 예승이가 홀로 삶을 견디며 성장해야 하니 더욱 그렇다.

이 눈물을 위해 〈7번방의 선물〉은 여러 가지 무리수를 둔다. 감옥에 아이가 몰래 잠입한다는 설정도 그렇지만 장애인 아버지를 둘러싼 폭력적이며, 엄혹한 세상의 인심도 그렇다. 경찰도, 판사도, 변호사도 제대로 역할을 해내지 못하고 주변의 이웃도 마치 예승이 아버지는 죽어야 되는 사람인 것처럼 내몬다. 지나치게 가혹하다. 말이 안 될 정도로 말이다.

내가 처음으로 보고 울었던 영화는 〈부시맨〉(1980, 제이미 유이스)이라는 작품이다. TV를 통해서 봤던 작품인데, 사실 이 작품은 코미디로 더 유명했다. 콜라병을 주운 부시맨이 너무나 귀한 선물이라 여겨 주인에게 돌려주러 가는 이야기였으니 말이다. 그런데, 어린 시절 그 작품을 보면서 난 콜라병의 가치가 아무 것도 아님을 모른 채 그걸 귀하게 여기며 길을 가는 부시맨의 모습에 눈물이 났다. 급기야 경찰에게 잡혀 손바닥만 한 햇빛이 들어오는 감방에 갇힌 그의 모습을 보니, 광활한 대지를 걷던 그가 좁은 방안에서 느낄 갑갑함과 도대체 왜 다른 나라의 법에 따라 갇혀야 하는지, 그가 스스로 갇힌 것을 납득이나 할지 답답해하며 눈물을 흘렸다. 그가 바라보는 햇빛이 너무 적지만 선명해서 오히려 더욱 가혹하게 느껴졌다. 모두들 웃으면서 보는 영화를 혼자 울면서 봤던 것이다.

그런데, 돌이켜보면, 그런 엉뚱한 눈물이 아니었더라면 나는 지금 이 순간 영화에 대한 글쓰기를 하며 살아가지 않았을 것이다. 그 순간 부시맨의 순수와 어긋난 세상의 풍경을 직감했고, 그것을 비록 말로 풀어낼 만큼 성숙하거나 달변은 아니었지만 그 느낌을 기억했다. 그리고 그런 장면들은 간혹 내 인생에 출몰해, 조금 다른 시각의 존재를 일깨워주곤 했다.

웃는 것도 비슷하다. 〈죽어야 사는 여자〉(1992, 로버트 저메키스)를 보며 몹시 웃었는데, 이 영화의 웃음은 다른 영화와는 좀 달랐다. 예뻐지기 위해서 성형수술을 거듭하다 못해 급기야 늙지 않는 약을 마신 두 여자가 장의사인 남편을 두고 사체 화장을 하며 살아간다. 그럼에도 불구하고 아름다워 보이려 애쓰는 모습은 정말이지 웃기고 슬펐다. 남편이 의사가 아니라 장의사인 게 천만다행이다 싶었다. 미국의 장례전통상, 사자는 입관 전 곱게 화장을 받기 마련이고 남편의 직업적 숙련도는 두 여자의 기이한 공생에 크나큰 도움을 주었다.

하지만 더위에 녹아내리는 촛농처럼 점점 흘러내리는 피부와 심지어 높은 곳에서 떨어져 관절이 모두 어긋나 있는 상태에서도 죽지 않고, 늙지 않는 여자들은 너무나 기괴했다. 늙지 않고, 평생 아름다웠으면 했던 소원을 이룬 여자들은 괴물이나 다름없었다. 그 웃음이 차가운 비판을 담고 있는 냉소, 블랙 유머라는 것은 아주 나중에야 알게 되었지만, 그런 웃음이 오래도록 기억에 남는다는 것은 그날 분명히 알게 된 듯하다. 설명할 수는 없지만 아주 진지하게 말이다.

그렇다고, 언제나 이렇듯 진지하고 의미 있는 블랙 유머만 글이 되는 것은 아니다. 〈메리에겐 뭔가 특별한 것이 있다〉(1998, 패럴리 형제), 〈행오버〉(2009, 토드 필립스)처럼 화장실 유머로 덕지덕지 장식된 영화들도 있는데, 이 영화들은 세상의 편견과 선입견을 고스란히 활용하는 방향으로 웃음을 자극한다. 물론 성적 평등이나 정치적 올바름에서 완전히 탈선해 있어 웃으면서도 꺼림직한 경우도 많다.

하지만 때로 우린 이런 못된 짓거리를 보며 박장대소하기도 한다. 그게 실제가 아니라 영화이니 더욱 그렇다. 일종의 해소 작용인데, 이를 가리켜 길티 플레져(Guilty Pleasure)라고 부르기도 한다. 죄책감을 건드리는 기쁨, 그런 웃음도 웃음이다. 하지만 그냥 웃는 게 아니라 웃으면서 과연 어떤 선입견이 웃음을 강화하는가 들여다볼 필요가 있다. 〈메리에겐 뭔가 특별한 것이 있다〉가 외모에 대한 선입견을 어떻게 이용하는지, 성적 호기심을 어떤 식으로 활용하는지, 성적 소수자나 약자들을 웃음의 코드에 이용하는 방식은 어떤 것인지 확인하고, 그에 대한 사회적 편견의 깊이를 파악해보는 것이다. 그냥 웃을 땐, 관객에 불과하지만 왜 웃는지 궁금해 할 땐 전문적인 영화 글쟁이에 한발 더 다가가게 된다.

3.
글쓰기의 기본

맞춤법과 비문

군이 이야기할 필요가 있을까 싶지만, 맞춤법과 문장의 올바름은 기본이다. 하지만, 그게 잘 안 되는 경우가 너무 많다. 다시 한 번 강조한다. 맞춤법을 지키고 비문을 피한다. 여기에 예외는 없다.

비문을 피하는 가장 좋은 길은 쓰고 난 후 꼼꼼히 읽어보는 것이다. 그러면 글쓰기의 기본이 되어 있는 필자에겐 대부분 자신이 잘못 쓴 문장이 보이기 마련이다. 만약 보이지 않는다면? 그건 기본이 덜 된 것이다. 그렇다면, 좋은 문장들을 여러 번 읽어서, 그게 무엇인지를 터득하고 체화하는 훈련이 앞서야 한다. 그럼에도 불구하고 우선 써보고 싶다면 다른 것을 다 제쳐두고 짧은 문장들로 글을 구성하는 연습을 해보자.

글쓰기의 시작 단계에서 고민할 문제는 접속사이다. 그러나, 그래서, 그러므로와 같은 접속사를 남용하지 말아야 한다. 최소한의 접속사로 의견을 개진하는 노력을 해야 한다. 글쓰기의 수준이 좀 높아지면 종결어미가 고민되기 시작할 것이다. 동사로 끝내는가 형용사로 끝내는가에 따라서도 글의 뉘앙스가 매우 달라진다. 가령, "그는 그녀를 싫어한다"와 "그는 그녀가 싫다"는 비슷하지만 매우 다른 문장이다. 이 차이를 구분하기 위해 애써야 하고, 또 적당한 종결어를 쓰기 위해 노력해야 한다.

게다가 모든 글쓰기엔 자기만의 버릇이 드러나기 마련이다. 알고 쓰는 경우도 있고, 모르는 경우도 있는데, 하나의 문장, 하나의 글 안에 똑같은 접속어와 종결어미가 너무 자주 등장하면 그건 생각을 적게 했거나 어휘가 부족하다는 걸 보여주는 증거가 될 수 있다. 다양한 어휘를 선택하고 활용할 줄 알아야 한다. 물론, 이건 글쓰기에 능숙해진 이후의 일이기는 하지만 말이다.

다른 것은 다 잊더라도 맞춤법 지키기는 잊지 말아야 한다. 국립국어연구원 홈페이지나 포털 웹사이트만 잘 활용해도 맞춤법은 지킬 수 있다. 간혹 게시판에서 "연기가 훨씬 낳아졌네요"와 같은 잘못된 문장을 보는 경우가 있다. 연기가 나아질 수는 있어도 연기를 아기처럼 낳을 수는 없다. 하지만 이런 맞춤법 하나가 글에 대한 신뢰를 완전히 무너뜨릴 수 있음을 명심해야 한다. 좋은 문장을 아직 모르겠으면 나쁜 문장, 잘못된 문장을 피하는 노력을 기울여야 한다. 사실,

좋은 문장을 쓰는 것보다 잘못되거나 나쁘지 않은 문장을 쓰는 게 더 어렵다. 이 말을 여러 번 곱씹어 마음속에 깊이 새겨두어야 한다.

제목의 중요성

모든 글쓰기 수업에서 가장 흔히 발견하는 실수 중 하나가 글을 쓰되 제목을 달지 않는 경우이다. 알고 있다. 사실 제목을 다는 것은 정말 힘들다. 그래서인지 서평인 경우엔 책 제목을 쓰거나 영화평에는 영화의 제목을 글 제목으로 삼는 경우가 많다. 어떤 경우엔 "~를 읽고", "~를 보고"와 같은 제목이 등장하기도 한다. 하지만 그건 제목이 아니다. 단지 파일 제목을 달아 나중에 혼자 보는 글이라면 그래도 된다. 그러나, 제목을 다는 순간이 곧 글의 완성이다. 시작은 제목 없이 할 수 있지만 마무리 단계에선 꼭 제목이 필요하다.

제목을 다는 그 고통스러운 순간이 바로 내 글이 한 단계 성숙하는 중요한 과정이다. 제목을 정하는 과정에서 혼란스러웠던 머릿속이 깨끗이 정리되고 원고의 완성도도 높아진다. 제목은 꼭 있어야 한다. 제목은 글의 얼굴이자 필자의 처음이자 마지막 책임이다. 대개 좋은 글은 멋지고 세련된 제목을 가지고 있기 마련이다.

문장의 길이

문장은 짧을수록 좋다. 아니, 길어도 좋은 문장이 있지만 그건 쓰기 힘들다. 그러므로 일단 짧게 쓰는 연습을 해보자. 생각보다 많은 글쓰기 수강생들이 첫 문장을 시작하지 못해서 고민하지만 막상 쓰다 보면 끝내지 못해 전전긍긍한다. 해서, 그리고, 그러므로 등 접속사를 이어가며 너무나 긴 문장을 써내곤 한다. 한 문장엔 하나의 생각을 담는다. 우선 그게 기본이다. 그리고 기본이 어렵다. 노력해야 한다. 아래의 글은 영화비평 동아리 학생이 쓴 글의 일부다. 이렇듯 짧게 쓰는 것만으로도 충분히 독자의 관심을 환기할 수 있다. 이는 이후에 다루게 될 문장의 호흡과도 연관된다.

누군가 흙을 파헤친다. 다급해 보인다. 불빛이 비친다. 손전등을 갖고 무언가 찾는 듯하다. 흙을 조금씩 파헤쳐 갈수록 불빛이 환하게 비친다. 이 불빛은 곧바로 자동차 라이트 불빛으로 바뀐다. 영화가 시작한 지 5분도 채 되지 않아 주인공은 뺑소니를 저지른다. 주인공이 뺑소니를 저지르는 순간부터 긴장감이 돈다.

서스펜스는 영화의 줄거리나 기교의 발전이 관중에게

불안과 긴장을 주어 관객들의 흥미를 북돋워주는 기법으로 보는 관객으로 하여금 '긴장'을 느끼게 한다.

— 수강생, 윤예슬, 「서스펜스의 힘, 끝까지 간다!」

문장의 호흡

좋은 글에는 리듬감이 있다. 운율이라고도 표현하는데, 이게 꼭 운문, 시에만 있는 게 아니다. 인기를 끌고 있는 힙합 가사들은 라임(Rhyme)이라는 것을 가지고 있다. 라임은 리듬감을 만드는 매우 초보적인 방식인데, 긴 글에도 이런 호흡의 지점들이 있다. 좋은 문장은 소리 내어 읽어도 지나치게 숨이 차거나 발음이 걸려서 버벅대지 않는다. 리듬감이 좋기 때문이다.

위의 학생 글을 보자. 첫 문단은 짧은 문장들로 영화〈끝까지 간다〉(2013, 김성훈)의 호흡처럼 리드미컬하게 전개된다. 그런데, 두 번째 문단을 보면 서스펜스의 개념을 설명하려다 보니 길고 무거워진다. 잘 쓴 편이지만 짧은 문장이 글의 호흡에도 도움이 된다는 것을 알 수 있게 해주는 글이기도 하다.

줄거리 요약

자, 그럼 자신의 기본적 글쓰기 방식과 재주를 알기 위해 한 가지 과제를 수행해보자.

최근에 본 영화의 줄거리를 600자 내외로 써보자. 600자는 원고지 1장의 기준이 200자였던 시절부터 원고의 기준이 되는 일종의 글쓰기 셈법이다. 한글을 비롯한 여러 문서 작성 프로그램에 기본적으로 탑재되어 있는 기능을 활용하면 내가 몇 자를 썼는지는 충분히 검토할 수 있다.

줄거리를 써본 후, 600자의 글이 몇 개의 문장으로 구성되었는지 세어보고, 기록한다. 그리고 과연 600자 안에 정리가 되었는지도 살펴본다. 별 것 아닌 것 같지만, 제한된 글자 수로 글을 쓴다는 것, 게다가 서사가 있는 이야기의 줄거리를 축약하는 것은 쉬운 일이 아니다.

마지막으로 꼭 들어갈 내용들이 빠짐없이 들어가 있는지 파악해본다. 그렇지 않다면 잘못된 줄거리 요약이며, 이는 기본적 문제이기도 하다.

월요일 이민자들을 가득 실은 대형선박이 뉴욕항에 정박한다. 폴란드 출신 에바(마리옹 꼬디아르)와 그녀의 여동생 마

그다는 미국 입성을 목전에 두고 있다. 허나 마그다는 폐병이 의심된다는 이유로, 에바는 항해 중 불미스런 사건에 연루되었다는 이유로 입국을 거절당하고 만다. 강제 추방 위기에 처한 에바 앞에 브루노(호아킨 피닉스)라는 남자가 나타난다. 에바에게 첫눈에 반한 브루노는 관리인을 매수하여 에바를 입국시킨다. 그러나 그가 에바를 데려간 곳은 맨하탄의 빈민가였다. 브루노는 에바처럼 갈 곳 없는 여인들을 밤무대에 세우고 그녀들에게 고객을 주선하는, 일종의 포주였다. 여동생 마그다의 치료비를 대야 했던 에바는 결국 밤무대와 침실을 오가며 몸을 팔게 된다. 에바의 약점(불법체류자라는 신분과 병든 여동생 마그다)을 볼모 삼아 그녀를 자신에게 묶어두려는 브루노와 그런 브루노를 증오하는 에바. 어느날 브루노의 사촌이자 방랑자이자 마술사인 에밀(제레미 레너)이 마을로 돌아온다. 에바와 에밀은 서로에게 호감을 느끼게 되고, 에바를 향한 브루노의 집착은 극에 달하는데…

－수강생, 정○○

위의 글은 영화 글쓰기 수업에서 한 수강생이 쓴 글의 일부다. 처음 써본 영화평이라기엔 무척 훌륭하며 자신이 어떤 이야기를 하고 싶은지도 제법 잘 드러난 글이었다. 하지만 약 1600자 정도, 그러니까 A4 한 장 정도 되는 글에서 줄거리 요약으로는 너무 길다는 생각을 지우기 힘들다. 게다가 포털 사이트에 제공된 영화 줄거리와 크게 다르지 않다. 그렇다. 영화 글쓰기에 줄거리를 쓴다면 그것은 내가 쓰고 싶은 내용이 잘 드러나도록, 그런 내용에 잘 부합하도록 써야 한다. 그렇지 않다면 대폭 줄여서 아예 쓰고자 하는 글의 내용에 녹여도 무방하다. 줄거리를 꼭 쓸 필요는 없다.

끝맺기

글을 시작하는 것만큼이나 끝맺기가 어렵다. 글의 끝은 마지막 문장에서 시작되는 게 아니라 마지막 문단에서 시작된다. 마지막 문단에 앞서 벌여놓았던 사고의 팽창이나 흐름들을 정갈히 담아 정리할 줄 알아야 한다. 미래에 대한 예견, 글쓴이의 바람, 단언 등을 담는 것도 도움이 된다. 즉, 마지막엔 결국 글쓴이의 생각이 드러나기 마련이다. 그 생각으로 맺음을 해야 좀 더 가치 있는 글이 된다.

4.
글쓰기의 밑간

관찰하기

영어에서 "I see."라는 문장은 "I watch."라는 문장과 그 뉘앙스가 다르다. 누구나 영화를 본다. 그런데, 영화를 보고 나서, 뭘 보았는지 물어보면 대답은 천차만별이다. 본다라는 말에는 시신경을 동원해 망막에 비치는 무엇인가를 구별한다는 뜻도 있지만 그 이면을 꿰뚫는다는 것을 포함하기도 한다. 그래서 같은 영화를 보고도 누구는 겉에 흐르는 줄거리만 보고, 다른 누구는 그 줄거리 이면의 다른 이야기를 읽어내기도 한다. 그런데, 그 이면의 이야기를 보기 위해서라도 우선은 영화를 볼 줄 알아야 한다. 그러니까, 보고 싶은 것만, 보이는 것만 보고 나머지를 흘리는 게 아니라 감독이 편집 과정을 거쳐 보여준 모든 것을 우선 봐야 하는 것이다.

예를 들어, 박찬욱 감독의 영화 〈올드 보이〉(2003)에서는 유독 보라색이 자주 쓰인다. 방안의 벽지도 보라색 사방무늬 패턴이고 우산도 보라색 사방무늬이며, 상자도 보라색, 옷도 보라색 투성이다. 그렇다면 우선 '보라색'이 많이 보인다는 그 사실 자체를 기억해야 한다. 그리고 박찬욱 감독의 또 다른 영화 〈아가씨〉(2016)에 나무가 자주 등장한다면, 나무가 자주 등장하는 것도 꼭 봐둬야 한다.

관찰은 눈으로 보는 것에만 해당하는 것은 아니다. 잘 듣는 것도 포함되는데, 가령, 스탠리 큐브릭의 영화 〈샤이닝〉(1980)에는 음악과 음향 사이에 어떤 소리가 반복적으로 들린다. 이는 아버지 역을 맡은 잭(잭 니콜슨)이 농구공을 팅기는 반복음이나 아들 대니가 중심이 낮은 사륜 자전거를 타고 호텔 복도를 트랙 돌 듯 반복적으로 질주할 때에도 들린다. 이 소리가 귀에 거슬린다면, 그건 분명히 기억에 남겨둬야 할 요소임에 분명하다.

기록하기

관찰한 것을 반드시 기록해야 한다. 머릿속 하드웨어 용량은 매우 크지만 신뢰하기 어렵다. 신나고 자극적인 새로운 정보에, 키워드 위주로 넣어두었던 아이디어들은 금세 밀려나기 십상이다. 기록은 말하자면 하나의 외장하드 개념이라고 생각하면 좋을 듯싶다. 노트에 메모를 남기는 고전적 방식도 좋지만 요즘엔 누구나 하나쯤 가지고 다니는 스마트폰의 메모 기능에 남겨두는 것도 좋다. 인간의 기억력은 신기해서, 작은 메모를 통해서도 사고의 전 과정이 환기되기도 한다.

두 번째는 좀 더 어려운 일인데, 영화 한 편에서 생각난 아이디어와 연계되는 다른 아이디어들을 함께 메모에 남기는 것이다. 2018년 1월 12일 〈경향신문〉에 사후세계에 대한 글을 쓴 적이 있는데(「영혼을 위한 여행, 기억을 위한 죽음」), 그 생각의 출발은 〈원더풀 라이프〉(1999, 고레에다 히로카즈)였다. 〈신과 함께〉(2017, 김용화)를 보고 난 이후였는데, 사후세계를 다룬 〈원더풀 라이프〉(2001년 개봉)가 17년이 지난 2018년에 재개봉해 〈신과 함께〉와 나란히 걸리는 게 의미 있어 보였다. 게다가 공교롭게도 〈코코〉(2017, 리 언크리치)가 함께 개봉했는데, 이 애니메이션 역시 사후세계를 다루고 있다. 내 글의 중간 매개이자 촉매가 된 건 〈원더풀 라이프〉였다. 그래서, 단테의 『신곡』과 위화의 『제7일』까지 한꺼번에 떠오르게 되었고, 이를 메모에 남겨두고는 글로 확장했다.

기록하기란 이처럼 어떤 아이디어 하나와 연결된 다른 배경지식들의 출처와 맥락을 함께 써두는 것이다. 글쓰기의 방식이 어느 정도 익숙해지고 나면, 이 정도만으로도 전체 글쓰기의 방향과 맥락이 얼추 그려지기도 한다. 기록하기의 수준에서 전체 글의 얼개가 만들어지는 것이다. 물론, 배경지식을 어떻게 그렇게 연결할 수 있는가가 지금 궁금할 것이다. 그 대답은 평상시에 많이 읽고, 많이 보고, 많이 쓰는 것. 우리의 첫 번째 잠언으로 되돌아가는 수밖에 없다.

둘러보기

글을 쓰기 전에 자신의 생각을 정리할 필요가 있다. 우선 영화를 보고 나서 든 생각을 별 순서 없이, 맥락 없이 메모처럼 빈 종이에 적어본다. 스마트폰의 메모 기능을 활용해도 좋다. 그런 다음, 꼭 해야 할 이야기를 결정하고, 필요 없는 부분들은 삭제할 필요가 있다. 영화를 보고 나서, 뭔가 간절하게 쓰고 싶은 이야기가 있을 때 첫 번째 글을 써보길 권한다.

괜히 뭔가 써보고 싶은데, 라는 생각에 책상 앞에 앉는다고 좋은 글이 나오지 않는다. 책상 앞에 앉아 정해진 분량의 글을 써내는 건, 미안하지만, 프로의 영역이다. 아직 글쓰기에 전문성이 떨어지고, 어떻게 써야 할지 모르지만 쓰고 싶다면, 자신이 아마추어라는 이야기이기도 하다. 아마추어임을 인정하자. 그리고, 솔직하고 겸손하게 하고 싶은 이야기를 써보자. 그러다 보면, 아주 소박한 글이 나올 것이다.

시작은 소박할수록 좋다. 멋 부리지 않고, 하고 싶은 이야기를 진솔하게 담아내기. 쉽지만 어려운 일이다. 그런 다음 자신의 이야기에 좀 더 설득력을 보태고 싶다면, 이론가, 평론가, 철학자들의 사유와 엮어볼 수 있다. 인용하기라고 할 수 있는데, 이는 글과 무관하게 인용할 경우 오히려 글의 진실성과 품위를 해칠 수도 있으므로 조심해야 한다. 남의 글을 제대로 이해하는 것은 생각보다 어렵다. 즉, 잘 이해하고 있다고 여겨지는 글이 아니면 함부로 인용하지 않는다.

하지만 〈사이비〉는 훌륭한 영화인가. 많은 장점들에도 불구하고 그렇다고 대답하기엔 망설여진다. 그 망설임에 관해 말하고 싶다. 〈사이비〉는 애니메이션이다. 그런데 이 영화를 본 사람들은 모두 실사영화를 본 것처럼(더 정확하게는 마치 하나의 이야기를 읽거나 들은 것처럼) 말한다. 실은 나도 위에서 그렇게 말했다. 하지만 그렇게 말하는 것이 타당한가.

실사영화와 애니메이션의 차이를 우리 모두 알고 있다. 전자는 찍은 것(포토그래픽)이고, 후자는 그린 것(그래픽)이다. 20세기 영화는 포토그래픽 시네마였다. 2012년 12월호 〈사이트 앤드 사운드〉가 전 세계 1천여 명의 영화 전문가들을 대상으로 집계한 세계 영화사의 걸작 리스트 100에는 애니메이션이 한편도 없다. 애니메이션은, 적어도 영화 전문가들에게는 여전히 변방의 장르로 인지된다. 하지만 포토그래픽과 그래픽의 위계는 짐작보다 공고하지 않으며, 둘 사이의 경계도 생각보다 불분명하다. 디지털 테크놀로지가 둘 사이의 위계와 경계를 불안정하게 만들었기 때문이다. 예컨대 〈아바타〉는 포토그래픽인가, 그래픽인가.

미디어 이론가 레프 마노비치는 일찍이 21세기의 영화 세상에서 포토그래픽과 그래픽의 위계가 뒤바뀔 것이라고 예견했는데, 오늘 우리가 목격하는 건 위계의 전복보다는 경계의 교란이다. 오늘의 관객을 사로잡는 할리우드 대작 대부분은 실사영화로 분류되지만 실은 포토그래픽 피사체인 인간이 그래픽 공간에서 벌이는 모험담/판타지이다. 그렇지만 21세기의 디지털 그래픽은 20세기적 애니메이션과 근본적 차이가 있다. 21세기의 디지털 그래픽 이미지에는 대개 작가의 서명이 없으며, 오히려 포토그래픽 이미지를 모방한다는 것이다. 미셸 오슬로나 프레데릭 백처럼 개별 이미지들에 강렬한 개성을 수공업적으로 새기는 경우를 제외한다 해도, 애니메니션 애호가들은 한 컷만으로도 오시이 마모루와 실뱅 쇼메의 터치를 알아볼 수 있을 것이다. 작화가와 감독의 분업이 오래전에 확립된 디즈니 애니메이션에서도 포토그래픽과의 자의식적 거리는 유지된다. 하지만 21세기의 할리우드 포토그래픽/그래픽 판타지는 그 거리를 완전히 지우려 한다.

— 허문영, 「단단한 서사 속 불완전한 가면」,
〈씨네21〉, 2013년 12월 19일 자.

허문영의 이 글은 미디어 이론가 레프 마노비치의 말을 지나치게 현학적이지 않게 자신의 논리에 잘 적용하고 있다. 이렇듯 아는 이론을 자신의 글에 녹여야 한다. 아는 체하려고 인용해서는 안 된다.

첫 문장 쓰기

드디어 첫 번째 고비에 도착했다. 나는 글을 전문적으로 쓰기 시작한 지 그러니까 글로 밥벌이를 한 지 10년이 훌쩍 넘었음에도, 첫 문장 쓰기는 여전히 어렵다. 이건 위안이자 격려이다. 제 아무리 글쓰기 달인이 온다고 하더라도, 첫 문장 쓰기는 만만치 않다. 시작이 반이라는 말이 글쓰기만큼 어울리는 경우는 없다. 많은 글쟁이들은 첫 문장을 만나기 전까지 부러 해찰하기도 한다. 딴전을 피우며, 머릿속으로 첫 문장을 여러 번 썼다 지우는 것이다. 문장을 공그리며 해찰하는 과정도 첫 문장 쓰기의 과정이다. 책상을 치우거나, 써야 할 글과 영 상관없는 잡문을 읽는다거나 산책을 하거나 샤워나 반신욕을 하는 것도 도움이 된다. 몸은 딴 일을 하더라도 사실 그 순간 머릿속은 한창 첫 문장을 찾느라 분주하다.

그럼에도 불구하고, 하나의 조언을 주자면, 첫 문장은 짧을수록 좋다. 누구나 처음 글을 쓰다 보면, 하고 싶은 말을 하는 것 이상으로 맺지 못해 애를 먹는다. 학생들이 쓴 글을 보노라면 첫 문장이 무려 3~4줄, 약 500자 이상 늘어지는 경우도 있다. 말과 글이 다른 게 이 지점이기도 하다. 사람이 얼굴을 마주보고 이야기할 때는 비언어적 제스추어가 많기 때문에 정확히 끊고 맺지 않아도 맥락이 전달된다. 하지만 글은 다르다. 중언부언 쓰면 그냥 중언부언일 뿐이다.

첫 문장을 짧게 쓰는 데에는 만만치 않은 자신감이 필요하다. 자신감이 없어서, 자신이 하고 싶은 말이 무엇인지 스스로 잘 몰라서, 어떻게든 더 많은 글자를 백지에 채워 넣고 싶어서 글이 길어진다. 긴 문장이 모두 나쁘다는 게 아니다. 긴 호흡을 자신만의 문체로 쓰는 데엔 상당한 단련이 요구된다. 짧게 쓸 줄 알아야 긴 문장에도 리듬을 줄 수 있다. 우선 짧게 쓰는 것이다. 명문장가로 알려진 김훈의 첫 문장은 언제나 짧다. 하지만 고뇌의 깊이가 충분히 전달된다. 고민하자, 하지만 첫 문장은 짧게 쓰자.

5.
영화 글쓰기의
핵심 소재

영화 글쓰기와 영화 분석

영화 글쓰기에 꼭 들어 있어야 하는 핵심적 내용은 무엇일까? 그것은 바로 영화에 대한 나만의 분석이다. 여기서 두 가지 모두 중요하다. '나만의'라는 독창성도 중요하고, '분석'이라는 객관성도 중요하다는 의미이다. 우선 객관성의 영역인 분석을 살펴보자. 많은 사람들은 영화나 문학, 미술과 같은 예술작품의 분석에는 '정답'이 없다고 말한다. 물론 정답은 없다. 하지만 좀 더 그럴듯하고, 감동적인 분석이 있고 엉뚱하다 못해 오히려 작품을 훼손하는 분석도 있다. 그럴듯하고 감동적인 분석이 아니라면 굳이 글쓰기의 수고를 할 필요가 있을까? 이는 곧 좀 더 그럴듯하고, 감동적인 분석을 위해 노력해야 한다는 의미이다.

두 번째는 영화 분석은 다 거기서 거기라고 생각하는 오류를 조심할 필요가 있다. 가령, 〈국제시장〉(2014, 윤제균) 같은, 천만 이상의 관객이 본 대중 영화일 경우 더욱 그렇다. 뻔한 이야기인데, 특별히 나만의 해석이 가능할까라고 톺아보거나 면밀히 보기를 아예 포기하는 것이다. 하지만 그렇지 않다. 주관이란 객관의 반대말로 볼 수 있는데, 객관이 모두가 봐도 다 똑같은 사실이라면 주관은 나의 시점에서만 보이는 사실의 일부라고 할 수 있다. 마치, 콜라 캔을 어느 시점에서 보느냐에 따라 보이는 영어 스펠링이 달라지는 것과 같다. 때로 그 주관을 통해 사람들이 다 안다고 생각하고, 새롭지 않다고 무시했던 분석의 영역이 열리는 경우가 있다. 다음의 글을 한번 보자.

월요일 밤. 나는 폴 토머스 앤더슨 감독의 〈부기 나이트〉를 보았다. 영화의 시작과 끝은 모든 출연진이 등장하는 롱테이크 스테디캠 신으로 구성되어 있었다(죽은 인물은 초상화로 대체되어 있었다). 나는 〈매그놀리아〉에서도 감독 특유의 스테디캠 신을 본 적이 있었고, 촬영 기법과 동선의 계산에 깜짝 놀랐던 기억이 있다. 그러나 그날밤 〈부기 나이트〉를 보았을 때 내 눈에 들어와 박힌 것은, 롱테이크 스테디캠 신은 '이어져 있음'이라는 사실이었다. 사람과 사람이, 그리고 관계가, 그리고 각자의 삶이, 생이, 이렇게나 이어져 있다는 것을 감독은 말하고 싶어하는 것만 같았다. 나는 그 사실에

감탄하면서도 부자연스럽다는 생각을 떨칠 수가 없었다. 이어져 있다는 그의 생각이, 연출이, 테크닉이, 어쩌면 젊은 감독의 간절한 기원, 혹은 어리석은 기대에 가깝다는 혐의를 지울 수가 없었기 때문이었다.

– 김봉곤, 「Auto」, 『여름, 스피드』, 문학동네, 2017, 210쪽

위의 글은 지면에 따로 실린 영화평이 아니라 소설 작품 속의 한 구절이다. 하지만 떼어놓고 보면 또 그 나름으로 훌륭한 영화 분석이자 평가이기도 하다. 서술자는 폴 토마스 앤더슨의 영화를 보고, 그 특유의 카메라 워크를 분석해서 자신만의 평가를 덧붙인다. 이렇듯 영화평이란 보고 나서 강렬한 인상을 남긴 어떤 장면, 어떤 기법, 어떤 감성에 대한 기록이며 되돌이키기이다. 소설의 서술자는 영화에 대한 전문적인 배경지식을 바탕으로 롱테이크 스테디캠 신의 정서적인 의미를 '이어져 있음'으로 분석한다.

롱테이크 스테디캠 신은 영화를 보는 누구나 발견할 수 있는 기술적인 면이지만 거기서 '이어져 있음'을 발견하는 것은 비평적인 시선이다. 그냥 보는 게 아니라 이렇듯 발견하면서 봄으로써 영화에 대한 글은 단순한 기록을 넘어서 자

신의 생각과 철학, 삶에 대한 태도까지 보여줄 수 있는 훌륭한 글 자체로 독립하게 된다.

　중요한 것은 그 나만의 영역을 얼마나 설득력 있게 전달하는가이다. 영화를 분석하는 데에는 몇 가지 교과서적인 틀이 있다. 이를 알아둔다면 조금 더 도움이 될 수 있다.

캐릭터 분석

캐릭터 분석은 영화 분석의 기본이다. 하지만 가장 쉽게 시작하되 가장 어렵게 애를 먹이기도 하는 게 바로 캐릭터이다. 고전적인 캐릭터 이해는 그 인물이 평면적이냐 입체적이냐에 따라 나뉜다. 사필귀정을 다룬 이야기 속의 주인공은 평면적이기 마련이다. 〈놀부전〉에서 놀부가 처음부터 끝까지 욕심 많고 고집스러운 인물인데 비해 흥부는 천편일률적으로 착하고 어질다는 설정 같은 게 그렇다.

평면적인 인물들은 단순하다. 현대 영화에서 이처럼 단순한 평면적 인물이 있을까 싶지만 의외로 많다. 대개, 편안하게 볼 수 있는 대중 영화들이 그렇다. 가령, 〈7번방의 선물〉의 주인공은 지적인 부족함이라는 결함 외에는 도덕적으로 완벽한 인물이다. 그 도덕성은 아무리 모함을 당하고, 위험을 당해도 변질되지 않는다. 세상에 존재하지 않을 것 같은 불가능한 도덕성이 그 인물 안에는 있다. 사실 이렇게 단순한 캐릭터는 분석할 만한 점도 별로 없다.

캐릭터 분석의 욕망을 자극하는 인물은 뭐니뭐니 해도 복합적이며, 쉽게 이해되지 않는, 입체적인 인물들이다. 한 마디로 이해가 안 가고 이상한 인물들일수록 눈길을 끌고 분석의 욕망을 부추긴다. 하나의 요령을 말해 주자면 사람의 이름이 제목인 영화가 대개 그렇다. 〈제인 에어〉(2011, 캐리 후쿠나가), 〈나, 다니엘 블레이크〉(2016, 켄 로치), 〈밀크〉(2008, 구스 반 산트), 〈포레스트 검프〉(1994, 로버트 저메키스)와 같은 영화들은 사람의 이름을 제목으로 담고 있다. 이건 중대한 힌트이다. 사람이 중심인 영화라는 뜻이고, 그 사람이 아무 때나 어디서나 볼 수 있는 평범하고 흔해 빠진 인물은 아니란 의미를 함축하고 있다. 이렇게 열쇠가 주어져 있으니, 그 인물이 어떤 삶을 살고, 어떤 행동을 하고, 어떤 선택을 하는지 잘 따라가보면 영화의 비밀은 거의 풀리게 되어 있다.

대개 한 사람을 꾸준히 따라가는 영화의 주인공이 그렇다. 전도연에게 세계 3대 영화제 중 하나인 칸느 여우주연상을 안겨주었던 영화 〈밀양〉(2007)도 주인공 전도연의 캐릭터를 분석하는 게 곧 영화를 분석하는 키워드가 되는 작품이다. 남편을 잃고, 남편의 고향에 내려와 새로운 삶을 시작하고자 하는 인물은 여러 모로 궁금증을 자아낸다. 남편의 사망보험금이 많을 것이라는 오해가 위험할 수도 있다는 사실을 그녀는 모른다. 그녀는 순진하기도 하고, 아직 세상을 정면으로 맞서본 적 없는 인물이기도 하다.

그런데, 단 하나의 혈육인 아들을 잃자, 그녀는 달라진다. 아들을 살해한 유괴범이 하나님의 죄사함을 받았다고 말할 때, 그녀는 무너지고 만다. 여자는 고통으로 일그러진다. 밀양에 내려오던 순진했던 여자는 사라지고 황망함에 몸서리치는 여자만 남는다.

용서할 권리마저 빼앗긴 여자. 이창동 감독은 그런 여자에 대한 관찰과 탐구, 이해를 〈밀양〉에 담았고, 관객은 그 시선을 따라 그런 인물을 관찰하고, 바라보고 마침내 공감하게 된다. 그 과정에 대한 글쓰기가 바로 캐릭터 글쓰기이다. 작가주의 및 예술영화들은 대개 이렇듯 인간에 대한 깊은 탐구로 시작해 그것에 대한 공감을 선사한다. 이런 영화들에서 사람은 누구나 조금씩 문제와 결함을 갖는다. 그게 인간의 본성이라는 듯이.

하지만 그렇다고 꼭 예술적인 작가주의 영화만 캐릭터를 집중적으로 탐구하고, 입체적으로 그려내는 것은 아니다. 대중영화 중 수작으로 꼽히는 영화들 역시 인간에 대한 탐구를 동반하고 있을 때가 많다. 크리스토퍼 놀란 감독의 〈다크 나이트〉(2008)도 그렇다. 크리스토퍼 놀란의 배트맨 시리즈는 다양한 인간군상에 대한 탐험이자 분석이며 양면성과 이중성에 대한 검토 보고서라고도 할 수 있다. 그중 단연 눈에 띄는 건 바로 히스 레저가 연기한 조커이다. 우리는 대개 악당의 욕망을 세계 정복이나 어마어마한 돈의 착취로 보곤 한다. 악당이 원하는 건 매한가지라고 악을 단순화해버리는 것이다. 하지만 조커는 돈에 불을 붙여 태워버린다. 그 장면을 보고 당황하고 힘들어하는 것은 돈을 좋아하는 평범한 인물들이며 그 인물들에는 관객도 속해 있다. 어떻게 돈을 태우지? 크리스토퍼 놀란은 조커가 우리가 지금껏 보아왔던 그런 흔하디 흔한 악당이 아님을 이 장면을 통해 보여준다.

조커의 입체성은 자신의 입이 찢어진 이유를 다양하게 스토리텔링하는 데서도 알 수 있다. 그는 사랑하는 아내와의 불화로 입이 찢어졌다고 말하기도 하고, 아버지의 학대로 입이 찢어졌다고 말하기도 한다. 누구에게도 진실을 말하지 않는다. 이는 진실한 이야기를 들음으로써 악을 프로파일링하고, 정복하고 싶어 하는 대개의 평범한 사람들의 기대를 짓밟는다. 악은 그렇게 쉽게 이해되는 게 아니다, 라고 조커는 말한다.

이상한 악당은 〈노인을 위한 나라는 없다〉(2008, 코엔 형제)의 안톤 시거 캐릭터에서도 발견할 수 있다. 안톤 시거는 자신의 말이 곧 법이고 원칙인 세상에 살아가는 악당이다. 그의 악에는 원칙이나 규칙이 없다. 동전을 던져 앞면이 나오면 죽이고 그렇지 않으면 살려둔다는 식의 악행은, 악을 개연성이나 인과관계로 이해하고자 하는 사람들의 심리를 부정한다.

안톤 시거는 평범한 사람들의 보편적인 마음으로 이해 하기 힘든 일들을 한다. 그는 자신이 쫓던 남자가 다른 추적 자들에 의해 죽자 그 죽은 자의 아내를 찾아가 죽이겠다고 말한다. 아내가 왜냐고 묻자 그는 이렇게 답한다. "당신 남 편에게 약속을 했거든, 네 아내를 죽이겠다고 말이야." 어김 없이 그는 동전 던지기를 한다. 하지만 이는 의미 없는 행위 일 뿐이다. 그는 동전 던지기의 우연을 자신이 조장하는 듯 이 군다. 그가 지키려는 약속엔 이행 의무가 없다. 죽이겠다 고 협박했다고 왜 죽여야 하는가? 그는 사람을 죽일 수 있는 자신의 힘을 마치 신이 피조물의 생명을 관장하는 것으로 착 각하고 오해한다. 신을 흉내 내는 것이다. 하지만 이미 죽은 자의 아내를 죽이고 나온 이후 그는 우연히 지나가는 차에 치여 큰 부상을 입는다. 안톤 시거, 신을 흉내 내지만 그 역시 우연을 가장한 신의 손짓에 아무런 대처도 할 수 없는 평범 한 인간일 뿐이다. 그럼에도 불구하고, 스스로 남의 운명을 좌지우지한다고 착각하니 그야말로 악당이며, 불한당이다.

인물을 통해 영화를 이해하고 분석하는 하나의 방법을 알려주자면 그것은 그 인물들이 기로에 서 있을 때, 어떤 선 택을 하느냐를 주목하는 것이다. 가령, 안나 카레니나가 불

67

류의 상대를 만나 인생 최초의 사랑을 느꼈을 때 어떤 선택을 했고, 〈밀정〉(2016, 김지운)의 항일 투사들이 검거 순간 어떤 선택을 하고, 한편 반간 이정출(송강호)은 어떤 선택을 했으며, 〈관상〉(2013, 한재림)의 관상쟁이는 결정적 순간 즉, 김종서와 수양의 틈바구니에서 어떤 선택을 하는지를 주목하는 것이다. 선택이 곧 인물이다. 〈변호인〉(2013, 양우석)의 주인공이 사익만 탐하다가 결국 정의라는 더 큰 이익을 위해 세간의 이익을 저버리는 것도 선택이다. 버리고 택하는 것이 곧 인물이다. 그 인물이 어떤 것을 버리고 택하는지가 곧 행동이며 그 인물의 전부이다. 그러므로, 인물을 분석하기 위해서는 그 인물의 선택과 행동을 주목하고 분석하고, 나름의 방식으로 이해해서 설명할 수 있어야 한다.

미장센 분석

영화는 일단 시각을 자극하는 예술이라, 보고 나서 전체적인 분위기로 매료될 때가 있다. 배경이 된 촬영지의 아름다움이랄지, 노란색 혹은 붉은색으로 물든 전체적인 톤이랄지, 배우들이 입었던 옷의 분위기, 집의 느낌 등등이 영화의 줄거리보다도 더 강렬하게 혹은 오래 기억되는 경우가 있는 것이다. 그런 전반적인 분위기를 통칭해 미장센이라고 부를 수 있다. 그러니까 우린 간혹 영화의 미장센에 매혹된다.

미장센(mise-en-scène)은 원래 연극용어로, 무대에 오른 등장인물의 배치나 동작, 무대 장치, 조명 따위에 관한 총체적인 설계를 의미한다. 이를테면, 입센의 희곡『인형의 집』을 무대에 올린다면, 19세기 노르웨이의 가정집 풍경을 무대에 연출해야 할 것이다. 한편, 유치진의『소』를 연출하기 위해서는 20세기 초 일제 강점기 대한민국에서 소작을 하던 서민층의 살림살이가 무대 위에 있어야 한다. 이렇듯 무대 위에, 연극을 위해 사용되는 것들을 미장센이라고 하는데, 짐작할 수 있듯이 주로 시각적인 것을 의미한다. 넓은 의미에서, 음악이나 연기 등도 모두 포함되지만 좁은 의미로는 시각적인 것에 한정된다고 말할 수 있다. 배우가 입고 있는 옷이나 장신구, 무대를 꾸미고 있는 오브제들이나 미술 등이 그 좁은 의미에 해당된다.

시각적이라는 점에서 미장센은 연극뿐만 아니라 회화, 조형에도 적용될 수 있다. 영화 역시 한 장면 한 장면을 구성할 때마다 시각적인 부분을 염두에 두어야 하므로 미장센은 매우 중요한 구성 요소 중 하나이다.

이 영화에서 여자의 차는 교통체증으로 서 있거나, 견인되어 사라지거나, 주차되었지만 어디 있는지 모른다. 그런 여자에게 길이 뚫렸으니 빨리 가라면서 처음부터 경적을 울리며 나타난 남자는 요소요소마다 경적을 울려대며 계속 가야 한다고 말한다. 그런 남자가 속한 밴드명이 메신저스인 것은 우연이 아니다. 그는 결정적인 순간에 그녀에게 경적과 함께 소식을 전해주는 사람이기 때문이다.

남자는 자신이 해야 할 음악 스타일에 대한 확고한 견해를 지녔음에도 현실의 벽에 부딪쳐 자꾸 엉뚱한 자리에서 원하지 않는 연주를 한다. 그런 남자에게 여자는 요소요소마다 이름을 붙여준다. 그를 조지 마이클이라고 부르고, 그가 운영하길 원하는 클럽명을 셉스라고 지어주며, 그가 연주해야 할 다음 곡명 〈I ran〉을 지정해준다. 남자에게 진짜 이름이 있고 지어둔 다른 클럽명이 있으며 예정 목록에 다른 노래가 있어도 여자는 아랑곳하지 않는다. 이름이 붙여지게 되는 상황 자체가 그 사람이 서 있는 자리에 대해 숙고하게 만든다. 그렇게 경적을 울려주는 자는 방향성을 제시해주고, 이름을 붙여주는 자는 정체성을 확인시켜준다.

– 이동진,「'라라랜드' 그 영화는 상영되지 않았다」,
《이동진의 어바웃 시네마》 2016년 12월 8일자.

이동진 평론가는 워낙 섬세하게 보고 단정하게 쓰는 것으로 유명하다. 이 글은 영화 〈라라랜드〉를 분석한 글인데, 자동차와 경적이라는 미장센을 개성 있고, 면밀하게 분석했다는 점에서 상당히 인상적인 글이었다. 자동차, 경적, 교통 정체와 같은 영화 속 이미지들 즉 미장센을 통해 이동진은 방향성을 알려주는 남자와 이름을 붙여주는 여자라는 멋진 분석의 틀, 일종의 운율, 라임을 만들어냈다. 혹여, 이 분석에 동의하지 않더라도 이 운율과 라임이 그럴듯하다는 사실은 부정하지 못할 것이다. 중요한 것은 단순 라임만 있는 게 아니라 그 라임이 쉽게 스쳐 지날 수도 있는 미장센의 섬세한 분석에 기대고 있다는 사실이다. 이렇듯 미장센은 감독의 의도를 상당 부분 담고, 숨기고 있기에 그것을 분석함으로써 매우 흥미로운 글을 얻을 수 있다.

영화평에서 미장센 분석이라 할 때엔 그 요소요소들이 단순한 배경 이상의 역할을 할 때, 그것을 좀 더 주목하는 데서 시작된다. 여기서 배경 이상이라는 것은 일종의 상징성을 띠거나 메시지를 전달하는 시각적 요소라는 의미이다. 박찬욱의 영화는 미장센 영화라는 평가를 종종 듣는다. 가령, 2003년작 〈올드보이〉에는 보라색, 사방무늬 패턴, 사진, 거울 등이 반복적으로 등장하는데 이는 단순히 눈으로 보는 시각적 즐거움에 멈추는 게 아니라 영화의 복합적 면모를 담고 있다. 특히 오대수와 이우진의 의상은 그 캐릭터를 강화하는 데 도움이 되기도 한다.

박찬욱의 모든 영화는 이야기, 즉 스토리의 즐거움 이상으로 미장센을 감상하는 즐거움이 있다. 〈스토커〉(2013)에서 주인공 여자 아이를 둘러싸고 있는 여러 켤레의 신발, 작은 사이즈부터 큰 사이즈까지 매년 달라지는 발 크기에 따라 모양과 색은 같지만 크기만 다른 신발 장면도 그렇다. 이 신발들을 마치 시계처럼 원형으로 늘어놓고, 그 가운데 몸을 웅

크린 채 모로 누워 있는 주인공은 강렬한 상징성과 이미지로 각인된다. 〈아가씨〉에 등장하는 일본식 저택이나 벚나무의 역할도 마찬가지이다. 단순히 그들이 살고 있는 집에서 끝나는 게 아니라 그 이상의 역할을 하며, 벚나무는 화려한 꽃가지와 목을 매 죽은 이모의 이야기가 역설적으로 교차하면서 강렬한 효과를 발휘한다.

김지운 감독의 〈장화, 홍련〉(2003) 역시 미장센이 매우 중요한 역할을 하는 영화이다. 공포, 스릴러 장르인 이 영화에서 따뜻한 오두막집, 미국식 가정풍으로 꾸민 실내 인테리어, 소녀들의 사랑스러움을 강조하는 꽃무늬 원피스는 오히려 그 집의 귀기를 강렬하게 대비해서 보여준다. 밀랍인형처럼 차갑게 표현된 염정아의 볼과 대조되도록 비현실적이리만큼 붉은 입술의 메이크업 역시 그런 미장센 중 하나이다.

이런 미장센들은 대사나 나레이션으로 전달될 수 없는, 뉘앙스와 아우라를 단번에 전달한다.

중요한 것은 이 역시 개인의 창의성에서 빚어진 주관적 선택이지만 그것이 설득력 있는 공감을 선사한다는 사실이다. 미장센을 읽는다는 것은 주관적 선택에서의 창의성과 보편성을 함께 읽어, 영화적 서사와 씨줄과 날줄처럼 얽혀 있는 아우라와 비언어적 의미를 잡아내는 것이라고 할 수 있다.

서사 분석

서사란 무엇일까? 사실, 이 질문 하나만으로 한 학기 아니 4년 내내 설명을 해도 다 전하지는 못할 것이다. 서사란 모든 이야기의 뼈대이며, 이는 곧 이야기로 이루어진 모든 예술에 서사가 있다는 의미이다.

　서사는 영어로 플롯(plot)이라고 표기한다. 플롯은 이야기를 하는 전략이다. 일종의 계획인 셈이다. 서사가 없다면 이야기의 뼈대가 없는 것이다. 그렇기에 플롯이 없다면 이야기가 중구난방이거나 갈피를 잡기 어렵게 될 게 뻔하다. 아예 중구난방을 자신의 스타일로 표방하는 이야기들도 있다. 그러나, 회화에 대한 기본적인 지식과 상식을 가진 후에 파블로 피카소나 앙리 마티스의 그림을 이해할 수 있듯이 영화의 서사 역시 마찬가지이다. 기본을 알고서 일부러 왜곡하는 것과 몰라서 망치는 것에는 큰 차이가 있다.

　중요한 것은 이야기를 아무나 만드는 것은 아니지만 사람들에게는 서사의 DNA가 있어서 그것이 일부러 그렇게 한 것인지 망친 것인지 본능적으로 눈치 챈다는 사실이다. 매혹적인 플롯을 만들기는 어렵지만 매혹적인 플롯은 누구든 알아보기 마련이다. 망친 것과 일부러 흩뜨린 설계를 구분하지 못하는 관객, 서사 소비자는 없다.

어찌 보자면, 모든 영화에는 서사가 있기에 서사 분석이라는 게 별 차별성이 없는 것처럼 보이기도 한다. 성장서사와 같은 이름도 있고 따지고 보면 장르 비평은 모두 서사 비평의 일부라고도 할 수 있다. 그런데, 여기서 서사 분석이라고 분류하는 것은 다른 무엇보다 플롯의 구성 자체가 흥미롭고 놀라운 이야기들, 영화들을 한정한다. 기존의 이야기 관습을 비틀거나 구성 자체가 영화적 매혹의 거의 전부를 차지하는 영화들, 그런 영화들 말이다.

크리스토퍼 놀란 감독의 〈메멘토〉(2000)가 그렇다. 크리스토퍼 놀란 감독을 세계적 감독으로 첫 눈도장 찍게 한 작품이 바로 〈메멘토〉이다. 〈메멘토〉에는 단기기억상실증에 시달리는 인물이 등장한다. 그는 언제나 "새미 젠킨스(Sammy Jankins)를 기억하라"고 읊조리는데, 그 인물은 자신처럼 단기기억상실증에 시달리다가 실수로 아내를 죽인 인물이다. 주인공은 새미 젠킨스처럼 되지 않기 위해 몸에 문신을 새기고 폴라로이드 사진을 남긴다. 사진과 문신은 한번 박히면, 교정되거나 사라지지 않는 것이기에 그는 자신의 기억을 보완하기 위해 끊임없이 자료와 기록을 남긴다.

영화 〈메멘토〉의 놀라운 표현 방식 중 하나는 독특한 교차편집 방식이다. 흑백과 컬러가 교차될 뿐만 아니라 이야기의 흐름이 조금씩 뒤로 흘러가게끔 편집이 되어 있는 것이다. 우리는 관습상 모든 이야기가 과거에서 미래로 흐른다고 여긴다. 그리고 일직선상에 놓인 듯이 하나의 방향으로 흐르는 것을 자연스럽게 여긴다. 〈메멘토〉에서 삽입된 흑백 장면은 시간의 순서대로 이야기가 진행된다. 하지만 컬러 장면에서는 시간이 거꾸로 흐른다. 매우 뒤죽박죽 이해하기 어렵게 느껴지지만 막상 영화를 보면 두 이야기는 서로 다른 방향으로 흐르다 결정적인 장면에서 만난다는 것을 발견할 수 있다. 우리가 '반전'이라고 부르는 바로 그 순간에 말이다.

그렇다. 〈메멘토〉는 우리가 반전 영화라 부르는 영화들의 대표작이라고 할 수 있다. 반전이란 아리스토텔레스 식으로 말하자면 이야기의 흐름과 기대감이 반대 방향으로 바뀌는 순간이다. 여기서 말하는 플롯이 훌륭한 영화는 이를테면 반전이 훌륭한 영화를 지칭한다고 할 수 있다.

반전은 철저하게 쌓아둔 플롯의 계산 위에 가능한 기대의 배반이다. 우리가 전혀 생각지 못했던, 몰랐던 사실이 드러남으로써 이야기가 완전히 뒤집히는 사태가 바로 반전이다. 아리스토텔레스가 좋은 반전엔 언제나 발견이 있다고 말한 것을 상기하자면 우리가 상식적으로 알고 있던 반전이 아리스토텔레스의 급전과 크게 다르지 않다는 것을 알 수 있다.

훌륭한 반전 영화로, 〈엔젤 하트〉(1989, 앨런 파커)나 〈식스 센스〉(1999, 나이트 샤말란) 등의 작품들을 예로 들 수 있다. 마지막 순간까지 결말을 짐작하기 어려워 놀랍기도 하지만 좋은 반전을 가진 영화들은 결말을 다시 알고 봐도 모순이나 어색한 부분이 없다. 반전의 기술, 비밀은 바로 플롯에 있다. 그리고 이러한 기술과 비밀을 발견하고 그에 대해 이야기하는 것이 바로 영화 서사에 대한 글쓰기이다.

2017년 개봉했던 영화 〈컨택트〉(원제: Arrival, 드니 빌뇌브) 역시 서사의 배치가 매우 매력적인 작품이다. 이 영화의 매력은 이야기의 철학적 깊이와도 연관된다. 이야기는 미지의 생명체가 지구에 불시착한 이후, 외계인의 언어를 분석하기 위해 투입된 언어학자 루이스의 놀라운 경험으로 요약될 수 있다. 스토리라고 말할 수 있을 이야기 전체의 줄거리는 그렇게 루이스가 외계인을 만나고 아이를 낳고, 그 아이의 죽음을 보는 것으로 이루어진다.

중요한 것은 이 이야기가 시간의 순서, 즉 플롯의 마술을 통해 놀라운 철학적 성찰로 바뀐다는 사실이다. 이야기의 흐름은 3월 다음, 4월, 4월 다음의 5월로 이어지는 선조적 이야기 흐름 즉 플롯에 대한 관객의 상식과 기대감을 꺾는데, 이게 단순한 잔재주가 아니라 인간의 사랑과 삶, 의지에 대한 대단한 인문학적 발견을 담고 있다. 그 발견을 독특한 플롯 구성 안에 배치해둔 것이다. 이 작품에서 플롯의 왜곡은 단순히 사람들을 놀래는 데 멈추지 않고, 예견된 불행을 피하지 않는 의지가 바로 인간성의 핵심임을 보여준다. 만약, 뒤섞인 서사적 트릭과 배치가 없었더라면 이 놀라움은 반감되었을 게 분명하다.

이렇듯 꼬여 있는 시간의 매듭을 푸는 것은 단순히 영화적 시간을 푸는 게 아니라 시간의 일직선상에 묶여 있는 모든 사람들의 존재론적 숙제를 푸는 과정이기도 하다. 이는 한편, 왜 인간이 만든 인공적인 이야기가 플롯에 집중하는지에 대한 대답이 되기도 한다. 우리는 시간을 마음대로 다룰 수 없는, 시간에 매달린 존재이기에 영화와 이야기에서만큼은 시간을 마음대로 다루고자 한다. 슬로우 모션, 플래시백, 교차 편집과 같은 서사적 표현 방식엔 모두 이런 욕망이 담겨 있다.

생각해보면, 실제 시간의 흐름과 상관없이 매우 길게 혹은 짧게 느껴졌던 순간들을 하나쯤 가지고 있을 것이다. 주사를 맞기 전의 10초는 평소보다 훨씬 더 길게 느껴지고, 사랑하는 연인과 함께 있는 한 시간은 말 그대로 눈 깜박할 사이에 지나간다. 사고가 일어나는 순간을 돌이키면 마치 영화의 슬로우 모션처럼 시간이 느리게 흐른 것처럼 기억되기도 하고, 아름다운 그녀가 내게로 다가오던 순간은 어느 광고의 영상처럼 주변 사람들의 시간과 다르게 천천히 흐르는 것처럼 느껴지기도 한다. 아인슈타인의 말처럼, 시간은 때로 상대적으로 흐른다. 그리고 이 상대적 흐름을 다른 사람들이 공감할 수 있도록 표현하는 것, 즉 나 혼자 느꼈던 그 야릇한 시간 감각을 보편적으로 재현하려는 욕망이 바로 시간의 조작이다. 이런 스스로의 심리를 들여다본다면, 많은 감독과 작가, 예술가들이 시간의 흐름을 시각적으로 변주하면서 드러내고 싶었던 게 무엇인지 충분히 짐작할 수 있을 듯싶다. 〈매트릭스〉(1999, 워쇼스키)에서 총알을 피하는 장면이나 〈인셉션〉(2010, 크리스토퍼 놀란)에서 꿈의 차원에 따라 다르게 흐르는 시간 같은 장치 말이다.

시간과 관련된 또 다른 서사적 욕망은 〈너의 이름은〉(2016, 신카이 마코토)에서도 발견된다. 애니메이션 〈너의 이름은〉은 잠을 자고 나면 서로 몸이 바뀌는 중학생 남녀의 이야기이다. 한창 이성에 관심이 많은 사춘기 시절, 게다가 한 명은 시골에서 살고 다른 한 명은 대도시에서 살고 있으니 서로의 영혼 교체는 정말이지 놀라운 사건이 된다.

흥미로운 것은 이러한 영혼 교체가 단순히 호기심을 채

우는 데서 멈추는 게 아니라 시골 소녀에게 닥칠 대재앙을 막고자 하는 노력으로 확장된다는 사실이다. 영혼이 뒤바뀌면서 알게 된 서로의 상황에 연민과 공감을 갖게 된 인물들은 다른 한 사람의 불행과 재앙을 어떻게 해서든 막고자 한다.

사실, 이런 바람은 사람이라면 누구나 가지고 있는 연민이다. 즉, 가까운 사람의 불행한 재앙을 미리 알기만 한다면 그래서 막을 수 있다면 얼마나 막고 싶을까? 하지만 우리는 이렇듯 미래를 예측할 수 없고, 미리 말해줄 수 없으며, 시간을 돌이켜 막아낼 수도 없다. 그러나 영화에서는 가능하다. 그래서 많은 영화들 속에서 인물들은 시간을 여행해서 미래의 불행을 미리 막아내고자 하고, 사랑하는 이의 생명을 지키고자 한다. 현실에서 불가능한 일들을 해내고자 하는 것, 그것이 이러한 영화의 서사 교란의 바탕에 깔린 선한 의지라고 할 수 있다.

말하자면, 〈너의 이름은〉이나 〈메멘토〉 같은 영화를 논할 때 시간의 흐름, 구성, 플롯에 대한 이야기를 빼놓는다면 그건 너무 중요한 요소를 빠뜨리는 것이나 다름없다. 이런 경우엔 꼭 플롯 이야기를 해주는 게 옳다. 잊지 말아야 할 사실 중 하나는, 모든 영화들이 서사를 갖고 있다고 해서 서사 분석이 주를 이루는 것은 아니다. 〈메멘토〉처럼 서사의 방식, 플롯의 구성이 매우 독특할 때, 서사 분석이 주가 된다.

이런 작품의 또 다른 예시로는 최동훈 감독의 〈범죄의 재구성〉(2004)이나 박찬욱 감독의 〈올드 보이〉도 들 수 있다. 두 작품 모두 반전이 숨겨져 있는 작품으로 이 반전이 마지막에 드러나도록 이야기의 순서를 철저하게 배치해놓았음을 알 수 있다. 이 철저한 배치의 의도를 파악하고 의미를 드러내는 것, 그게 바로 서사 분석의 핵심이다.

기법의 분석

이번에는 좀 더 구체적인 기법 분석의 사례를 살펴보자. 사실, 미장센 분석과 일부분 겹치기도 하는데, 때로 어떤 영화는 눈에 띄는 기법적 표현을 하는 경우가 있다. 이땐 이 기법자체가 일종의 주제부를 형성한다고 봐도 무방하다. 아니, 그렇게 눈에 띄는 표현 기법을 일부러 무시하는 것 자체가 영화를 꼼꼼히 보는 기본적 태도에서 어긋난다.

이를테면, 영화〈메멘토〉를 보면, 흑백 촬영과 컬러 촬영이 교차 편집되어 있다. 그렇다면, 이는 흑백과 컬러에 감독이 분명 차별화한 의도를 심어놓았다는 의미이다. 게다가,〈메멘토〉의 컬러 촬영분을 보면 시간이 거꾸로 흘러가는 것을 알 수 있다. 이런 기법에 어떤 의미가 있을지 분석해보는 것이다. 이를테면, 대개 흑백은 과거를 상징하고, 과거는 변할수 없는 사실을 의미하는 경우가 많다.

또 하나의 예를 들자면 그것은 바로 나레이터가 자신의 목소리를 들려주는 경우이다. 소설에서는 서술자, 나레이터가 늘 등장한다. 소설은 누군가가 말해주는 이야기이기에 당연히 서술자가 있다. '나'라고 밝히지 않더라도, 분명히 누군가 말하는 사람이 존재하는 것이다.

하지만 영화에서는 꼭 말하는 사람이 필요하진 않다. 관객이 카메라를 통해 직접 보면 되기 때문이다. 행동하는 인물들이 직접 자신의 행위를 보여주고 관객들은 그것을 보면 된다. 엄밀히 말해, 카메라를 그 위치에 갖다 둔 사람의 의도를 읽어야 될 필요는 있다. 그런데, 그건 너무 복잡한 내용이다. 물론 그렇기 때문에 또한 매력적 분석 대상이고 글쓰기 대상이긴 하지만 말이다.

어떤 영화들은 굳이 서술자, 즉 나레이터를 쓴다. 가령, 최동훈 감독의 〈타짜〉(2006)나 〈전우치〉(2009)가 그렇다. 〈타짜〉는 정마담이 '고니'라는 전설적 타짜를 추억하는 것으로 이야기가 시작된다. 마무리 역시 정마담의 나레이션으로 끝난다. 전설적 타짜 고니는, 그를 한때 사랑했고, 그의 승리를 기억했으나 현재 그의 거처를 정확히 모르는 정마담이라는 화자를 통해 훨씬 더 신비화된다. 이 신비화는 정마담의 목소리, 정마담의 애정, 추억을 통해 가능해진다.

화자를 통한 인물의 가치 평가의 고전적인 예시는 스콧 피츠제럴드의 소설을 원작으로 한 영화 〈위대한 개츠비〉(2013)에서 찾아볼 수 있다. 바즈 루어만 감독은 소설에 등장하는 '닉'이라는 나레이터를 극의 인물로 살려내, 닉의 눈을 통해 개츠비를 그려나간다. 말하자면, 관객이 보는 카메라의 시선은 닉의 눈을 통해 중개되는 것처럼 여겨진다.

소문 속의 개츠비는 대단한 범죄자이다가 능력자가 되기도 하고, 신비롭고도 위험한 존재로 묘사된다. 개츠비가 등장하기 전에 만들어지는 개츠비의 이미지는 바로 이 닉의 나레이션에 힘입은 바 크다. 그렇다. 〈위대한 개츠비〉의 독특한 매력은 이 맹목적 나레이터에서 비롯된다. 개츠비는 객관적으로 파렴치한이나 범죄자에 가깝지만 닉이라는 한 사람의 눈을 통과하면 아름다운 인간으로 이해받을 수 있다. 사랑하면 눈이 멀 듯이 한 사람의 눈에는 어떤 사람이 대단히 위대해 보이기도 한다. 어둠의 세계에서 거짓과 사기 범죄로 부와 명예를 얻은 개츠비가 위대하다는 수식어를 가질 수 있는 까닭도 여기에 있다.

앞서 플롯, 서사분석에서 언급한 시간의 흐름에 대한 분석도 기법 분석의 중요한 부분을 차지한다. 왕가위의 영화 〈일대종사〉(2013)는 슬로우 모션을 매우 미학적 수준의 표현으로 끌어올린 작품이다. 왕가위 감독은 카메라의 속성, 즉 촬영의 비밀이 시간과 빛에 있음을 알고 있다. 그의 작품들을 보자면, 광각렌즈나 클로즈업을 활용해 인물간의 거리감이나 관계를 감각적으로 표현하기도 하고 천천히 흐르는 움직임의 슬로우 모션으로 기억의 주관성을 표현하기도 했다. 세상의 시간은 똑같이 흐르지만 어떤 강렬한 일들은 마치 슬로우 모션처럼 천천히 각인되어 기억되기도 한다. 바로 그 심리적이며 주관적인 시간을 왕가위는 슬로우 모션으로 표현해내는 데 탁월하다.

다음 글은 왕가위의 영화 〈일대종사〉를 플래시백 기법에 착안해 멜로드라마적 주제 의식까지 분석한 정한석의 글이다. 기법이 장르와 주제 분석에까지 이르는 글로 훌륭한 예시가 될 법하다.

이때 비로소 사라진 10년의 세월 안에 포함되어 있던 중요한 사건, 10년 전 궁이와 마삼의 대결 장면이 플래시백으로 돌아온다. 그리고 이 플래시백이야말로 그 시간의 부재와 생략의 이유다. 이렇게 가정해보자. 궁이가 복수를 다짐한 뒷 장면에 마삼과의 대결 장면이 이내 등장하고 그리고 1940년대를 살아가는 궁이의 이야기가 이어졌다면 영화는 느슨해졌을지도 모른다. 아니 느슨한 것보다 더 문제가 되는 건, 그럴 때 궁이의 영화 속 저 복수의 행위가 시간 수순을 따라 제시될 뿐 도무지 궁이의 기억 속의 행위로 발설되

지 못한다는 것이다. 왕가위는 궁이의 그 행위가 반드시 저 멀리 과거의 기억의 행위로 새겨져 이 자리에서 회상으로 서 말해져야만 한다고 판단한 것이다.

그러므로 궁이의 사건은 사라진 10년 안의 사건 중 가장 중요한 사건이어서 플래시백으로 여기 돌아온 것이 아니다. 플래시백이라는 영화적 화법이 이 자리에 놓이기 위하여, 여기에서 궁이의 입을 통해 말해지고 기억되기 위하여, 그 기나긴 10년이라는 시간이 먼저 사라져야만 했던 것이다. 10년이라는 세월의 생략 속에서 궁이의 그 행위는 오래되고 절절하고 아련하며 절대적인 행위로 남을 수 있기 때문이다. 동시에 되돌릴 수 없는 그녀의 빗나간 운명으로 남을 수 있기 때문이다. 이것이 〈일대종사〉에서의 왕가위의 부재-생략의 구조적 선택이며 시간이 사라진 이유이고 플래시백으로 멜로드라마를 활성화하는 방식이다. (중략) 그러니 〈일대종사〉는 그저 맹세의 멜로드라마가 아니라 맹세라는 문양을 영화에 새긴 인생무상의 멜로드라마다. 따라서 우리에게 왕가위의 〈일대종사〉는, 그가 무엇을 만들더라도 오로지 인생무상의 멜로드라마에 닿게 된다는 사실을 또 한 번 알게 해준 영화로 기억될 것 같다.

- 정한석, 「〈일대종사〉, 무협을 경유한 왕가위의 종착지는」,
〈한겨레〉, 2013년 9월 7일자.

촬영 방식이나 조명도 눈여겨봐야 할 기법 중 하나이다. 2017년작 〈아수라〉(김성수)는 매우 두터운 질감의 조명을 활용했는데, 범죄와 정치, 정의와 불의가 뒤섞인 아수라 같은 배경을 잘 살려냈다. 그래픽 노블을 원작으로 한 〈300〉(2014, 노암 머로)이나 〈씬 시티〉(2005, 프랭크 밀러 외)의 평면적 질감이나 표현주의적 조명과 기법도 영화의 중요한 핵심 요소 중 하나이다.

시각예술이라는 점에서 영화의 시각적 기법은 아무리 영화에 대해 아무 것도 모르는 사람일지언정 발견하기 마련이다. 눈에 띄는 것들이 기법이라고 봐도 크게 틀리진 않다. 그러니 일단 눈에 띄는 기법들을 기억해두고, 메모해두고, 보고 난 후 그것이 어떤 의미일지 고민해보자. 고민하는 동안 영화에 대한 생각 자체가 글쓰기의 큰 자원이 된다.

한편, 영화에서 자주 반복되는 어떤 기법에는 영화를 만든 감독의 무의식적 욕망과 의식적 의도가 모두 담겨 있다. 그러므로, 눈에 띄는 기법이 있다면, 놓쳐서는 안 된다. 기억하고, 기록한 뒤, 과연 어떤 의도가 있을지 나름의 개연적 해석이 도출될 때까지 머릿속에서 여러 번 그 장면을 되감으며 생각해보는 것이다. 의미 없는 기법은 없으니 말이다.

6.
영화 글쓰기의 주제는
어떤 것일까?

그냥, 재밌는 것

영화 글쓰기의 주제로는 어떤 것들이 좋을까? 그저, 글을 쓴다고 하면 생각나는 대로 아무 거나 써도 괜찮을 듯하지만 앞에 수식어가 붙으면 그렇게 쓰기가 쉽지 않다는 생각이 든다. 우선 권하자면, 쓰고 싶은 것을 쓰면 된다. 물론 쉽지만 어려운 말이다. 글쓰기 습관이 몸에 배다 보면 영화를 보면서 자연스럽게 쓰고 싶은 글의 주제가 떠오른다. 뭘 쓸까 골똘히 생각하지 않아도, 이런 글을 써야겠구나 머릿속에 기승전결이 대략 마련되는 것이다.

중요한 건, 이건 전문적 영화글쟁이일 경우라는 점이다. 나만 하더라도 십여 년이 훌쩍 넘도록 매주 꽤 많은 영화를 보고, 다수의 영화글을 쓰면서 살아왔다. 일이 곧 훈련이고 훈련이 직업이며 연습이기도 하다. 여기서 한 가지 팁을 더 주자면, 많이 쓰면 더 잘 쓸 수 있다. 이건 확실하다. 글쓰기란 운동과 비슷해서, 글쓰기 근육을 자주 쓰면 그 근육은 더 원활히 움직이고 활성화된다. 가만 두면, 퇴화되고, 약해지고, 가늘어진다. 그러니까 우선 부담을 줄이자. 쓰다보면 더 잘 쓸 수 있다. 파이팅!

일단 쓰고 싶은 것을 써보자고 했다. 그게 무슨 의미일까? 처음으로 내가 쓴 글이 공적으로 인쇄되어 공개된 건 〈씨네21〉의 독자 영화평 란이었다. 대학을 졸업할 때 즈음이었던 것 같은데, 이재용 감독이 연출하고 이정재, 이미숙이 주연을 맡았던 〈정사〉(1998)를 보고 난 후 욕망과 안정은 동전의 양면 같은 거겠구나, 라는 생각이 들었다. 그래서, 욕망과 안정의 이율배반에 대한 글을 써서 애독자 비평란에 보냈다.

그 첫 기분을 아직 잊지 못한다. 내가 즐겨 읽던 잡지에 낯선 활자체로 인쇄되어 있던 내 이름, 내 글. 게다가 소정의 고료까지. 글을 써서 밥벌이를 하는 것도 나쁘지 않겠구나, 라는 생각을 처음 해본 날이기도 하다. 그렇다. 계기가 중요하다. 쓰고 싶은 글이 있었지만 쓰지 않으면 그건 그저 머릿속 상념으로 사라지고 만다. 하지만 남기면 최소한 일기라도 된다. 만약, 어떤 영화를 보고 나서 쓰고 싶은 글이 간지럽지만 잘 나오지 않는 재채기처럼 머릿속을 맴돈다면 우선 펜을 쥐고 종이 앞에 앉아보자. 무슨 말이든 글이든 써보기, 잘 쓰든 못 쓰든 일단 써보자. 글쓰기에 있어서만큼은 시작이 반이란 말이 정말 맞아 떨어진다. 그렇게 써보면 된다.

그냥 써보고 싶은 글은 대개 자신의 관심사와 연결된다. 20대의 나는 주로 연애에 깊은 관심을 두고 있었는데, 그래서인지 20대가 끝나갈 무렵, 연애 영화를 보면 그냥 지나치기가 힘들었다. 〈화양연화〉(2000, 왕가위)나 〈언페이스풀〉(2002, 애드리안 라인) 같은 영화들이었다. 이때 썼던 글은 등단한 이후 『사랑에 빠진 영화, 영화에 빠진 사랑』이라는 제목의 책에 고스란히 실었다. 지금 돌이켜보더라도, 20대였기에 가능한, 사랑에 대한 순진한 열망과 순수한 바람이 있었기에 가능한 글들이 대부분이다. 때론, 그 나이에만 쓸 수 있는 글도 있다. 이 말인즉슨 지금, 쓰고 싶은 글이 있다면 미루지 말고 남겨놔야 한다는 것이다. 정서도 나이를 먹는다. 그래서 나쁘다는 게 아니라 그 나이에서만 나올 수 있는 글이 있다면 놓치지 말라는 것이다. 그런 의미에서, 20대에 썼던 하지만 지금은 결코 쓰지 못할 것 같은 사랑 영화에 대한 글을 하나 소개해본다.

나는 왕가위의 〈화양연화〉를 2000년 10월 절친한 대학동기 세 명과 함께 봤다. 사당동에 있는 그 극장은 표를 끊고 들어가면 아무데나 앉아도 되는 그런 극장이었는데, 그 당시 벌써 CGV나 메가박스 같은 멀티플렉스가 있었던 것을 생각하면 상당히 촌스럽고 썰렁한 극장이었다. 이를테면, 1994년 혼자 들렀던 춘천의 어느 극장과 유사한 분위기였던 셈이다.

그때 우린, 공유할 수 없는 각자의 일들로 꽤 지쳐 있었다. 조금 더 솔직히 말하자면, 당시 우리는 공교롭게도 모두 '이별'에 맞서 있었다. 한 친구는 애인을 군대에 보냈고, 한 친구는 애인을 다른 여자에게 뺏겼고, 한 친구는 자존심 때문에 애인을 버렸다. 다른 한 친구는 늘 남자 때문에 울고 힘들어하던 친구였는데, 그때도 마찬가지였다.

〈화양연화〉는 자신의 아내 그리고 남편과 바람을 피운 자들의 배우자들이 만나 급기야 사랑에 빠진다는 줄거리의 작품이다. 〈화양연화〉의 전체를 감싸는 정조는 헤어질 수 밖에 없는 시한부 연인들의 강렬한 타나토스적 파토스이다. 어차피 헤어질 것을 알기에 그리고 헤어짐을 일종의 운명으로 여기는 그들이기에 둘은 서로의 감정을 아끼고 단속한다. 열정과 상처가 뜨거운 상처가 될까 그들은 마음을 여미고 또 여민다.

이별 영화였던 탓도 컸지만 왕가위가 선택한 현악기 연주와 장만옥, 양조위의 절제된 연기 탓에 우리는 각기 다른 장면에서 약간의 시간차를 두고 훌쩍거리기 시작했다. 내가 한 세 번째쯤 눈물을 쏟았던가? 순서는 잘 기억나지 않지만 확실히 기억하는 건 내가 눈물을 흘리기 시작한 장면은, 바로 이 장면이었다. 남자와 여자는 데이트를 마치고 집으로 간다. 그런데 심상치 않다. 둘은 이미 연기할 수 있는 범주 이상으로 서로를 원하고 있다. 그들은 이제 도저히 얼굴을 맞대지 않고는 지나칠 수 없는 좁은 골목에 갇혔음을 느낀다. 여자가 말한다. 우리 언젠가 헤어져야 하잖아요. 헤어지는 연습 해봐요. 그래서, 둘은 연습한다.

그러다가, 여자가 울기 시작한다. 여자의 울음은 오열로 뒤바뀌어 온몸을 들썩인다. 남자는 여자를 가만히 끌어안는다. 여자는 남자의 어깨에 기대어 주체할 수 없이 흐느끼는데, 남자는, 양조위는, 차우는 그저 그녀 리첸의 어깨를 감쌀 뿐이다. 카메라는 그녀의 어깨를 부서져라 쥐는 남자의 손을 바라본다. 악력에 비례해 슬픔은 전달된다.

그 간절함에 나는 눈물을 터뜨리고 말았다. 터뜨린다는 말이 옳다. 난 그때까지 단 한 번도 사랑 때문에 오열해본 적이 없었기 때문이다. 그리고 그 누구도 내 어깨를 저토록 절실히 쥐어준 적 없었기에. 단 한 번도 감정을 누설해본 적이 없기에 리첸처럼 마구 흐느껴 울었다.

결국 앙코르와트 사원의 벽돌담에 남자는 사랑의 비밀을 묻고 돌아선다. 지금도 간혹 쓸쓸한 날 국수통을 들고

처량하게 걸어가는 리첸이 생각나는 까닭은 왜일까? 사랑이란 아픈 상처이자 울먹한 통증임을 알려주는 영화, 〈화양연화〉는 이별에 관한 한 가장 아름다운 영화라고 말할 수 있다.

— 강유정, 『사랑에 빠진 영화, 영화에 빠진 사랑』, 민음사, 2011

내가 20대였을 땐, 돌이켜보면 경증의 우울증을 앓지 않았을까 싶게 무척 예민했다. 나 자신 뿐만 아니라 세상 전부에 대해서 무척 예민하다 보니 20대임에도 불구하고 체력이 부족했고, 늘 어딘가 아프기도 했다. 그런데, 그렇게 아플 때마다 그것들을 글로 남기고 싶었고 무조건 남겼다. 왜, 어디가, 어떻게 아픈지. 때로는 선배들의 서투른 농담에 상처받기도 하고, 때론 나약한 스스로에게 실망하기도 하고, 더러는 관계 속에서 기진맥진하기도 했다. 그럴 때마다, 그것들을 기억하고 싶었고 기록을 남겼다. 지금은, 그런 글들은 써지지도 않는다. 아니, 엄밀히 말해 그렇게 예민하지도 않다. 더 이상. 그러니, 오늘의 감정을 놓치지 말아야 한다.

타인의 삶

사람들은 자신이 경험한 것에 대해서만 글을 잘 쓸 수 있다고 믿는다. 하지만 꼭 그렇지 않다. 예를 들어, 영화 속에서 누군가 칼에 찔리거나 둔기에 맞으면 관객들은 눈살을 찌푸리거나 비명을 지른다. 그렇다면 관객들이 한 번쯤 칼에 찔려보거나, 둔기에 맞아봐서 소리를 지르는 것일까? 아니다. 기껏해야 우린 연필을 깎다가 손을 베어보거나 사과를 깎고 양파를 썰다가 손을 베어본 적이 있을 뿐이다. 그러나 그 작은 경험을 통해 훨씬 더 큰 고통에 대한 연상 작용을 하고, 공감을 하게 된다. 일종의 침소봉대 기능인데, 이 침소봉대는 글을 쓰는 데 있어서 굉장히 중요한 역할을 한다. 우리가 꼭 경험하지 않은 일이라고 공감하지 못하리라는 법은 없는 것이다.

어린 시절 학대를 당해야 학대당하는 아동의 마음을 이해하는 게 아니다. 이혼을 해봐야 이혼의 괴로움을 짐작할 수 있는 것도 아니다. 죽어봐야 죽는 고통을 알 수 있는 것 또

한 아니다. 이러한 것들은 일종의 연상 작용 내지는 동화과 정이라고 할 수 있는데, 여기에 필요한 것은 직접 체험이 아니라 간접 체험이며 공감의 기본적 마음, 즉 인간으로서의 최소한의 윤리감각만 있으면 된다. 나는 이것을 가리켜 보편의 윤리감각 내지는 보통의 마음이라고 부르는데, 이는 사람이라면 대부분 가지고 있는 공감의 기반이라고 본다. 그래서 나와는 완전히 다른 상황에 놓인 사람의 행복을 보며 함께 기뻐하고, 불행엔 슬퍼하고, 고통엔 같이 아파할 수 있는 것이다.

그런 작품의 예시로는 영국 켄 로치 감독의 〈나, 다니엘 블레이크〉(2016)와 홀로코스트의 이야기를 담은 〈사울의 아들〉(2015, 라즐로 네메스), 〈소피의 선택〉(1982, 앨런 J. 파큘라) 등을 들 수 있다. 아리스토텔레스는 줄거리만 들어도 연민과 공포를 느낄 수 있는 이야기를 최고라고 했는데, 이 세 편의 영화가 훌륭한 예시가 되어줄 법하다. 일단, 〈나, 다니엘 블레이크〉는 한마디로 말하자면 영국 사회 보장 제도의 허점과 모순에 대한 드라마라고 할 수 있다. 어렵고, 아픈 사람을 도와야 할 복지 제도가 오히려 그런 도움이 필요한 사람들을 궁지에 몰아넣고 심지어 목숨을 위협하기까지 한다.

〈나, 다니엘 블레이크〉에 나오는 사회복지센터, 식료품 배급소, 식료품쿠폰 같은 제도들은 사실 우리에겐 무척 낯선 것들이다. 쓰는 언어, 인종만 다른 게 아니라 삶의 환경과 그들이 의존하는 법과 제도 자체가 우리와는 사뭇 다르다. 하지만, 이 낯설고 먼 나라에서 일어나는 일들을 보고 있노라면 우리의 삶의 처지도 크게 다르지 않다는 것을 느끼게 된다. 완전히 나의 삶과 다른 사람의 이야기지만 충분히 공감 가능한 이야기인 셈이다.

시간적으로 과거를 배경으로 한, 이미 역사적으로 정리가 끝난 2차대전 중 홀로코스트 이야기인 〈사울의 아들〉의 경우엔 더욱 그렇다. 어떤 점에서 좀 이기적으로 생각해보자면, 홀로코스트는 유럽인, 유대인만 겪었던 고통이라고 할 수 있다. 과하게 이야기하자면 우리와는 완전히 무관한 이야기인 셈이다.

하지만 가스실에서 살아난 남자아이의 숨통을 인위적으로 끊고, 같은 유대인이지만 누군가는 관리자로 일하며 그들의 사체를 처리하는 과정에서의 비인간성은 충분히 전달된다. 그것은 인간이라면 누구나 할 수 없고, 하기도 힘들고, 해서도 안 되는 일이다. 즉 인간 이하의 상황인 셈이다. 인간 이하의 상황, 자살조차 생각지 못할 만큼 인간성이 박탈되어 있는 그 공간에서 그렇게 죽은 아이를 아들이라 믿으며 장례를 치르고자 전전긍긍하는 사울의 모습은 인간의 보편적인 감성에 호소한다. 그리고 비록 우리는 유대인도 유럽인도 엄밀히 말해 가해자도 피해자도 아니지만 그럼에도 불구하고, 전쟁에 희생된 수많은 사람들에 대한 겸허한 공감과 가슴 아픈 연민을 갖게 된다. 그리고 이 공감을 바탕으로 우리와는 완전히 다른 삶에 대한 글쓰기가 가능해지는 것이다.

다음은 필자가 《경향신문》에 「종적 연민에 대하여」라는 제목으로 기고했던 글의 일부이다. 이 글은 앞서 말한 〈사울에 대하여〉를 보고 난 후 썼는데, 종적 연민, 즉 같은 인간으로서 공감하게 되는 전혀 다른 상황의 사람에 대한 글이기에 작은 예시로 들어본다.

이 종적 동일성이야말로 연민의 기반이다. 그 어떤 사자도 배고픔을 해결하기 위해 사슴을 잡는 데 연민을 느끼지 않는다. 연민은 같은 종 사이에서 발생할 수 있는, 고통의 교감이다. 인간이 인간에게 느끼는 것이 바로 연민인 것이다.

루소는 이 종적 차이를 다른 곳에서 발견했다. 왕들이 백성에게 동정심을 갖지 않는 것은, 그들이 결코 인간임을 믿지 않기 때문이며, 귀족이 평민을 멸시하는 것은 그들이 결코 평민이 되지 않을 것이기 때문이다. 『에밀』에 쓰인 이

구절은 곧, 인간에게 있어서 연민이 어디서부터 기원하는 지를 잘 보여준다. 바꿔 말하면, 위선적으로 이해한다고 말하지만, 부자는 결코 자신이 가난해지지 않을 것이기 때문에 빈자를 연민하지 않고, 정치가는 일반 시민이 될 턱이 없다고 여기기 때문에 권위적이다.

우리는 모두 같은 종으로서, 인간으로서 계급이나 지위, 부의 여부를 차별적 특권으로 여기지 않을 때 서로를 연민할 수 있다. 인간이 되는 것, 그것이 바로 연민의 기반이다. 이는 역설적으로 말해, 타인의 고통에 무감한 것은 타인을 같은 인간으로 여기지 않음을 의미하기도 한다. 연민이 없는 자는 무자비하고 냉정한 사람이 아니라 스스로를 다른 '종'으로 여기는 배타적 사태이다.

아우슈비츠 생존 작가인 프리모 레비가 "이것이 인간인가"라고 물었던 이유도 여기에 있을 것이다. 인간이 인간일 수 있는 것은 같은 종으로서 인간의 형편에 연민을 느끼기 때문이다. 만일 타인의 고통에 무감하다면 그것은 스스로를 그 타인과 같은 '인간'으로 여기지 않기 때문이다. 이해한다고 여겼던 삶의 사태들을 역동적인 고통으로 되살려내는 것, 한 인간의 눈을 통해 재구성된 삶이 주는 힘, 그게 바로 허구의 힘이다. 나 자신이 아직 인간인가를 확인하고 싶다면 자신 외에 무엇을 연민하는가를 물어야 할 것이다.

연민함으로써 인간은 인간일 수 있다.

-「종적 연민에 대하여」, 《경향신문》 2016년 3월 25일자.

공감 능력은 단지 사회생활에서만 필요한 것은 아니다. 그것은 이를테면 인간다움의 매우 기본적인 자질이며 대단한 능력이기도 하다. 우리가 어떤 영화를 보며 눈물을 흘리거나 화가 나거나 웃는 것은 그 영화의 제안에 공감하기 때문이다. 이 공감은 이야기, 영화를 만들어내는 사람에게도 무척이나 중요한 능력이지만 보는 사람도 중요하고 보고 나서 그것을 글로 써내는 과정에서도 매우 중요하다.

경험한 것만을 이해하고 공감하는 게 아니다. 영화 속에서 칼에 찔리는 사람을 보면서 고통을 함께 느끼고 귀신의 등장을 보며 공포를 느끼는 것도 이러한 이유이다. 가령, 성적 정체성이 이성애자라고 해서 동성애를 다룬 영화를 전혀 이해할 수 없는 것은 아니다. 〈콜 미 바이 유어 네임〉(2017, 루카 구아다니모)이나 〈캐롤〉(2015, 토드 헤인즈)과 같은 영화는 동성애 영화 이전에 '어떤 사랑 이야기'로 받아들여진다. 몹시 아픈 사람, 극빈자, 동성애자와 같은 우리가 소수자라고 부르는 사람들이 등장하는 이야기가 영화에 많은 이유도 이와 무관하지 않다. 영화는 이렇듯 겨우 존재하는 자들, 을들의 삶에 관심이 많고, 우리는 영화를 보면서 이렇듯 우리와 조금 멀리 떨어져 있는 을의 삶에 대한 공감의 기반을 마련하며 때로는 우리 안에 있는 을의 지점들을 발견하기도 한다. 우리와 전혀 다른 삶을 사는 사람들의 삶 안에서 우리 삶의 모순과 어려움을 찾아낼 때, 공감의 영화 보기는 공감의 글쓰기로 확장될 수 있다.

타인의 공감을 얻어내는 글을 쓰는 것은 모든 글쟁이들의 바람이다. 다른 이들의 공감을 얻는 글을 쓰기 위해선 철저히 공감하는 자신이 우선 필요하다. 영화를 대충 머리로 보는 게 아니라 충분히 몰입해서, 그 사람의 입장에 처해, 역지사지의 심정으로 보고 침소봉대해보는 것, 그런 능력을 기르는 게 중요하다.

내 안의 괴물

글을 쓴다는 것은 자기 자신에게 솔직해지는 것을 의미하기도 한다. 우리는 법과 질서를 지키는 선량한 시민으로 대개 살아가지만 우리의 마음속에 선량한 시민만 있는 것은 아니다. 때론 아무도 보지 않는 곳에선, 무단횡단도 하고, 몰래 노상방뇨를 할 때도 있으며, 은밀한 곳에 숨어 연인과 입맞춤을 나누기도 한다.

우리의 마음속까지 전부 하얗고 깨끗해서 법대로 살아간다기보다 세상을 살아가는 데 규칙이 필요하다는 것을 알기 때문에 지키고 살아간다. 그리고 이 법과 질서에는 남의 시선이 큰 몫을 차지한다. 꼭 성문화된 법이 아니라고 할지라도 남들 앞에서는 하지 않는 일들이 많은 것이다. 엘리베이터에 혼자 탔을 때 방귀를 뀔 수 있지만 누구라도 한 사람이 같이 타면 그렇게 하지 못한다. 그건, 법이나 규칙으로 정해진 것은 아니지만 때론 워낙 낯선 사람이라 다시 볼 일이 없는 경우가 더 많지만 그래도 타인의 시선에 이상하고, 몰

상식한 사람으로 비치고 싶진 않기 때문이다.

프로이드는 인간의 이러한 다중성을 초자아, 자아와 같은 개념으로 설명했다. 현실에서 멀쩡히 잘 살아가는 우리의 모습이 자아, 에고라고 한다면 숨겨져 있는, 충동과 욕망에 충실한 그 무엇을 리비도라고 부르기도 했다. 리비도, 그러니까 우리가 글을 읽고 쓰는 데에는 이 리비도와 소통하고자 하는 노력이 담겨 있다. 함부로 꺼내놓을 수 없지만 마음속 어딘가 깊은 곳에 존재하는 욕망들을 작품 속에서 만나 은밀한 대화를 나누는 것이다.

인간의 은밀한 욕망은 인간이 가진 근본적인 아이러니라고 할 수 있다. 아이러니한 모순을 스스로 인정하는 것, 그게 바로 솔직해지는 것이다. 많은 영화감독들 그리고 영화 작품들이 이미 스스로의 모순과 비뚤어진 욕망, 방향 없이 자라나 통제되지 않는 갈망들을 보여주었다. 그런 작품들을, 초자아(Super-ego)로 판단하는 게 아니라 이드(Id)의 리비도(Libido)로 이해하고 에고(ego)의 이성으로 써내는 것, 글쓰기엔 그런 과정도 필요한 것이다. 솔직해져야 한다는 것은 밑도 끝도 없이 자기의 만행을 고백하고 써내라는 게 아니라 우리의 마음속에도 존재하는 불가해한 욕망들을 보편의 스펙트럼으로 수렴해 영화 속 세상을 이해하려는 노력이다.

미카엘 하네케 감독의 영화 〈피아니스트〉(2002)에 등장하는 여성 인물의 이야기가 그렇다. 영화에는 엄마와 함께 살아가고 있는 미혼의 중년 여성이 등장한다. 그녀의 직업은 피아노 교수이다. 슈베르트 전문가인 그녀는 학생들을 표독하고 엄격하게 다루기로 악명이 높다. 그런데, 어느 날 그녀의 수업을 교양으로 선택해서 듣던 공대 남학생이 그녀를 사랑한다며 접근한다.

여자는 언제부터인지 모르지만 그런 제안을 받아본 기억도 없다. 훌륭한 연주가가 되겠다는 일념 하나로 달려오면서 자신의 여성성이나 성적 욕망은 아예 도려낸 채 살아왔기 때문이다. 결과 그녀의 성적 생활은 우리가 보기엔 변태적이기 그지없다. 다른 사람들의 정사를 은밀히 훔쳐보며 방뇨를 하고, 남자들이나 찾는 포르노 숍에 당당히 줄을 서며, 심지어 자신의 몸을 자해한다.

소위 우리가 정상이라고 말하는 사랑의 방식과 너무 멀어진 그녀는 남학생에게 자신을 묶어놓고, 힘껏 때리면서 강간해달라는 이상한 요구가 담긴 러브레터를 보낸다. 남학생은 처음엔 그녀에게서 멀어지지만 어느 순간 그녀의 요구대로 해주려 한다.

문제는, 이제 더 이상 그녀가 그런 방식의 사랑을 원하지 않는다는 사실이다. 아니, 사실 그녀는 그런 방식의 사랑을 원하는 게 아니라 어떻게 사랑해야 하는지 몰랐을 뿐이다.

음악가가 되라는 어머니의 집착에 성인 여성으로서의 삶을 차압당한 그녀는 결국 황폐히 망가진 모습으로 스크린에서 사라진다.

그녀의 행동을 보자면 평범한 일상을 사는 상식의 눈으로는 아무 것도 이해할 수 없다. 그저 변태이며 도착증자이며 환자일 뿐이다. 하지만, 아버지가 돌아가신 후, 일거수 일투족을 감시당하듯 살아온 그녀의 삶을 보자면 그녀의 고장이 비단 자기만의 문제만은 아님을 알게 된다.

어머니는 딸을 자신의 부속품처럼 여기며 옷 하나도 마음대로 살 수 없는 지경으로 붙들어 매뒀다. 끔찍한 건, 이런 어머니의 만행들이, 딸을 훌륭한 연주자 즉, 사회적으로 성공을 거둔 사람으로 기르기 위한 노력으로 쉽사리 묻힌다는 사실이다.

영화의 원작인 엘프리데 옐리네크의 소설『피아노 치는 여자』에는 여자의 어머니가 한국 유학생들 어머니와 닮았다는 구절이 있다. 사실, 한국의 교육 환경을 보자면 어머니의 태도가 오히려 일반적이며 평범하다. 대학을 갈 때까지 자식의 곁을 헬리콥터처럼 맴돌다가, 대학을 가고나선 취직을 위해, 취직하고 나선 결혼을 위해, 결혼 다음엔 또 무엇, 무엇하며 집착하는, 한국의 평범한 어머니들 말이다.

엄마의 개인적 삶과 사적인 공간을 포기하고 아이에게

매달리는 것은 도착적인 삶의 방식임에 분명한데, 우리나라에서는 매우 평범한 모습으로 여겨진다. 사실, 이게 더 문제 아닐까? 아무리 미혼인 자녀라고 해서 서른이 넘고, 마흔이 될 때까지 부모와 한 집에서 살아가고, 경제적 독립도 하지 않은 채 살아가는 게 과연 맞는 일일까? 아이가 원하는 방식의 삶이 아니라 어머니 스스로 목표로 둔 삶을 성취하기 위해 아이를 끌고 가는 장면들을 경험하거나 보아왔다면 여자의 기행이 이해되지 못할 바도 아니다.

무엇보다 중요한 것은 성욕이란 게 이상하거나 도착적인 게 아니라는 사실이다. 나이를 먹고 어른이 되면 남자든 여자든 누군가를 만나 성적인 욕망을 해소해야 한다. 인간 이전의 근원적인 욕망이다. 심지어 식물도 봄이면 바람 따라, 벌이나 나비를 따라 수정을 하고 번식을 한다.

이런 관점에서 보자면 피아노 치는 여자는 생명이라면 모두 다 가진 기본적 욕망조차 관리당하고 차압당한 인물이다. 너무 불쌍한 사람인 것이다. 극단적으로 가지를 친 나무처럼, 그녀의 욕망은 이상한 방향으로 전지되었다. 이러한 인간학적 이해가 있다면, 영화에 등장하는 그 어떤 인물도 이상하다며 버리는 게 아니라 연민의 힘으로 품고, 이해할 수 있다.

연민하기 위해선 우선 스스로에게 솔직해져야 한다. '난

절대 안 그래'가 아니라 '나라도 저런 상황이라면 그럴 수 있겠구나', '미친 거 아니야'가 아니라 '저런 상황이라면 나도 미칠 것만 같군'. 이런 포용의 공간을 스스로에게 마련해야 영화가 내 곁을 맴돌다 떠나는 게 아니라 내 안에 들어와 의미로 남는다. 공감의 기본적 자세는 바로 솔직함이다. 그리고 솔직한 글이야말로 사람들의 마음을 움직일 수 있다. 아는 척, 잘난 척만 불편한 게 아니다. 나는 안 그러는 척, 나만 도덕적인 것처럼 구는 글만큼 위선적이며 얄미워 보이는 글도 없다.

영화사회학

영화는 대중적인 예술이다. 이는 영화가 선택한 이야기는 기본적으로 소수의 지적인 사람보다는 많은 사람들이 즐기고 공감할 만한 이야기라는 의미이다. 많은 사람들이 공감하는 이야기는 우선 지나치게 어렵거나 현학적이지 않은 글이다. 그리고 무엇보다 '현재적인 이야기'가 대중적인 이야기이다.

현재적인 이야기란 세상의 흐름을 잘 보여주는 이야기이다. 시대적 분위기와 흐름을 읽고 때로는 선도하는 이야기가 현재적 이야기이다. 우리가 잘 알고 있는 왕가위 감독이나 쿠엔틴 타란티노 감독 등은 20세기를 대표할 수 있는 감독들 중 하나이다. 왕가위 감독의 영화는 매우 감각적인 영상과 비약적 서사로 유명하다. 뭔가 논리적으로 설명하기 힘들지만 매혹적인 이미지들이 왕가위 감독의 영화에는 가득 차 있다.

쿠엔틴 타란티노 감독은 B급 감수성으로 유명하다. 그

의 작품 〈펄프 픽션〉은 제목처럼 이류 잡지식의 이야기를 추종했다. 홍콩 느와르를 비롯한 다양한 영화적 지식과 애정이 뒤섞인 그의 영화는 지금껏 우리가 고상하고, 대단한 것으로 여겨왔던 취향의 의미를 바꿨다. 취향은 그에 따르자면 말 그대로 개인의 선택이다. 왕가위나 쿠엔틴 타란티노 감독을 세기말적 감독이라 부르기도 하지만 영화적 포스트 모더니스트로 보는 이유도 여기에 있다.

이런 것도 가능하다. IMF 이후 가장으로서의 아버지가 집안에서 위기를 겪게 되는 남성멜로드라마가 자주 등장했다. 〈베사메 무쵸〉(2001, 전윤수), 〈우아한 세계〉(2007, 한재림) 등이 그러한 작품인데, 이는 1970년대 미국의 여권 신장과 함께 아버지의 나약하고 초라한 모습을 담아냈던 〈크레이머 대 크레이머〉(1979, 로버트 벤튼)의 등장배경과 닮아 있다. 가부장의 위기를 시대변화와 함께 드러낸 것이다. 최초의 한국형 블록버스터라고 볼 수 있을 〈쉬리〉가 남북한 관계를 처음으로 일종의 장르적 소재로 삼았다는 것도 사회 환경 변화와 무관하지 않다. 남한과 북한의 분단 상황 자체를 체험이라기보다는 좀 더 간접적인 사회 환경으로 여기기 시작한 세대의 등장 없이는 〈웰컴 투 동막골〉(2005, 박광현)이나 〈강철비〉(2017, 양우석), 〈공작〉(2018, 윤종빈), 〈의형제〉(2010, 장훈) 같은 대중적 블록버스터 영화 속 남북 관계를 이해할 수 없다.

사회적으로 제대로 해결되지 못한 갑질, 갑의 폭력이 영화 〈베테랑〉(2015, 류승완)에서는 인과응보로 끝난다거나 정치적 커넥션과 부패가 〈특별시민〉(2016, 박인제), 〈내부자들〉(2015, 우민호) 같은 영화에서 사필귀정으로 끝나는 것 역시 당시의 사회적 분위기와 무관하지 않다. 2017년 장미대선이 있을 무렵, 민주화에 대한 갈망과 역사를 담은 〈택시운전사〉(장훈)나 〈1987〉(장준환)과 같은 현대사 영화가 유독 많았던 이유도 생각해볼 만하다.

2018년 즈음에는 남북한 관계를 소재로 한 영화들도 많았다. 북핵으로 인한 세계의 긴장이 고조되고 미국의 대통령 트럼프가 전쟁 불사를 외치자, 전쟁의 위협을 사실적인 것으로 받아들였기 때문이다. 일종의 전쟁 시나리오가 여러 편 영화화되었는데, 이 중에는 오히려 남북 관계가 기적적으로 호전될 경우를 염두에 둔 작품들도 여럿 있었다. 〈변호인〉을 연출했던 우상호 감독의 〈강철비〉나 김지운 감독의 〈인랑〉(2018) 등도 이런 작품에 속한다.

〈강철비〉에는 남북한 관계의 호전을 불편하게 여기는 북한의 기득권층이 등장한다. 그들은 남북 분단의 상황을 지속하기 위해 핵미사일을 발사하고자 하고, 전쟁을 일으키려 한다. 〈인랑〉에서는 같은 상황이 조금 다르게 묘사된다. 북한과 남한 관계가 급속도로 좋아지고, 통일 직전에 이르자

한반도를 둘러싼 열강들이 오히려 통일을 방해하고 훼방 놓는 것으로 묘사되는 것이다.

흥미로운 것은 이러한 영화들은 이미 2017년 한반도 냉각이 한창인 시절에 기획되었겠지만 몇몇 영화들은 2018년 역사적인 판문점 선언 이후에 개봉했다는 사실이다. 〈강철비〉는 판문점 선언 전이고 〈인랑〉은 그 이후인데, 비슷한 이야기임에도 불구하고, 그 전엔 일종의 역사적 판타지였던 게 이후엔 잘못 짚은 예측처럼 보이고 만다. 이렇듯, 영화와 세상은 생각보다 훨씬 더 섬세하게 연결되어 긴밀하게 호흡한다.

그런 의미에서, 영화를 읽는다는 것은 단순히 영화 속 미장센과 비유, 메타포만을 읽어내는 미학적 작업에 멈추는 게 아니라 그 영화가 탄생한 모체, 사회와의 교류를 포함한다. 사회적 상상력이 완전히 빠진 영화도 없고, 사회적 분석을 빼놓고 읽을 수 있는 영화도 없다. 사회를 보는 상상력과 판단력이 영화를 보는 데 필요한 이유이다.

가장 좋은 것은 단순히, 영화와 세상을 연관 짓는 게 아니라 영화를 시대의 정신과 결부해서 읽어보는 것이다. 다음의 글은 영화 〈동주〉(2015, 이준익)를 보고, 동주가 살았던 일제강점기 그리고 그 시대에 대한 상상력을 동원해 쓴 글이다. 작가와 시대, 영화와 시대정신에 대한 글이기에 인용해

본다.

"의지(意志)와 지성(知性)은 동일한 것이다." 시인이 바라보는 칠판 위에는 이 한 문장이 쓰여 있다. 의지와 지성은 과연 동일한 것인가? 분명한 것은 때론 의지와 지성이 동일해야 한다는 사실이다. 이탈리아의 학자 조르조 아감벤은 "자신의 시대에 시선을 고정함으로써 빛이 아니라 어둠을 자각하는 자", 그런 자를 일컬어 동시대인이라고 말한 바 있다. 아감벤에 따르자면, 동시대인이란, 시대의 어둠을 보고, 펜을 현재의 암흑에 담그며 써내려 갈 수 있는 자이다.

문학이란 어둠 속에서 아직 다가오지 않은 빛을 포착하는 행위이다. 시를 쓰고, 소설을 쓰고, 산문을 쓴다는 것은 곧 잠행 가운데서 미래를 기다리는 행동이기도 하다. 문학을 한다는 것은 동시대인이 되겠다는 선언이다. 그런 점에서, 시인 윤동주는 어둠의 일제강점기를 온몸으로 관통한 동시대인이라고 할 수 있다. 그의 생애를 그린 영화 〈동주〉가 우리에게 부끄러움을 가르쳐 주는 이유이기도 하다.

영화 속 〈동주〉는 내내 망설이고, 부끄러워하고, 처참해한다. 부끄러움의 차원은 다양하다. 우선, 친구이자 사촌인 몽규에 대해 느끼는 상대적 열등감과 부끄러움을 들 수 있다. 같은 곳에서 나고 자란 몽규는 언제나 반보씩 동주를 앞선다. 시를 사랑하고, 시인이 되고자 애썼던 동주였지만 몽규가 먼저 동아일보 신춘문예에 당선된다. 그런 몽규는 시대의 어둠 앞에 자신만의 목소리를 갖고 소리친다. 이 점이 또 동주를 부끄럽게 한다. 몽규는 시란 나약한 감성이라며 몰아치지만 동주는 시 안에 삶의 진실이 있다고 믿는다.

두 번째 부끄러움은 동주가 믿고 있는 시 안의 진실을 말하기에 세상이 점점 엄혹해졌다는 데서 비롯된다. 창씨개명, 징집명령과 같은 상황에서 하늘과 바람과 별을 노래한다는 것 자체가 어쩐지 부끄러운 일이 되고 만 것이다. 조선어로 쓰는 것이 불가능해진 시절, 이는 곧 조선어로 생각하는 것 자체를 검열하리라는 신호이기도 했다. 동주는 여태껏, 마음속 깊은 곳에 있는 어떤 감정들이 모여 세상을 변화시킨다는, 워즈워스의 신념을 믿었지만, 조선어를 잃을 위기에 처하자 그만 괴로움에 빠지고 만다.

세 번째 부끄러움은 이 참혹한 시기에도 무엇인가를 사랑하고 있다는 데에서 기인한다. 세상은 사랑이나 낭만을 허락하지 않는데 시인은 자꾸만 그것을 바라고 꿈꾼다. 그런 세상이 아니라는 점에서 시인은 스스로를 부끄러워하고, 반성하고, 참회한다. 그는 순수하고 평화로운 세계에서

사랑하며 살아가고 싶지만 세계가 그것을 허락하지 않는다. 동주는 철저히 자신의 시대와 불화했고 그렇기 때문에 철저한 동시대인이었다.

똑똑한 인간들은 자신의 시대를 증오하며 벗어나고자 했지만 동주는 자신이 이 시대에 속해 있음을 부인하지 않는다. 여기서 말하는 똑똑한 인간들이란 시류의 변화에 적극적으로 몸을 얹었던 자들, 정지용이 윤동주의 첫 시집 서언에 적었던 "부일문사(附日文士)", 영화 속 연희전문 교장 윤치호와 같은 자들일 것이다. 하지만 동주는 자신의 시대에 멀미를 겪으면서도 시대를 외면하거나 멀어지고자 하지 않았다. 거기서, 그의 부끄러움이 나타나고 그 부끄러움이 하나의 윤리이자 미학이 된다.

－ 강유정, 「부끄러움을 배웁니다」, 《경향신문》 2016년 2월 26일자.

이 글은 일제강점기를 어둠의 시기로 보고 쓴 글이다. 어둠 가운데서 '나'를 고민할 때, 부끄러움은 시적 수사를 넘어선 의지와 지성이 된다. 윤동주의 부끄러움과 영화 〈동주〉의 배경이 되는 동시대를 대비시키기도 했다. 이 글에 대한 자신의 의견을 써보자. 동의할 수도 있고, 그렇지 않을 수도 있다. 동의하면 동의하는 대로 이유를, 그렇지 않다면 또 않은 대로 논리적 근거를 써보자. 타인의 글에 대한 비판적 분석은 내 글에도 도움이 된다. 무엇보다 판단력과 사고력 학습의 방법이기도 하다.

메타포(Metaphor)와 서브텍스트(Subtext)

영화를 볼 때 평론가가 필요할 때가 언제일까? 바로 난해하고 복잡한 영화를 보고나서이다. 요즘엔 평론가의 말에 대한 가치가 무척 떨어졌는데, 엄밀히 말하자면, 〈어벤저스〉 같은 영화에 대단한 해석을 할 게 별로 없기 때문이다. 심지어, 이런 블록버스터는 평론가들이 매우 낮은 평점을 주는 경우가 많은데, 이런 답글이 달리는 경우가 많다. "네가 직접 만들어봐라, 입만 살아서." 뭐, 이 정도면 꽤 얌전한 편이지만 말이다.

하지만 어렵다고 정평이 난 영화들이 상영되고 나면, 평론가들이 어떤 말을 하나 경청하는 분들이 생겨난다. 대개 이런 분들이 아마 이 책을 읽고 있지 않을까 싶은데, 예비 평론가군 혹은 예비 영화 글쟁이 군에 속하는 분들이라 믿어 의심치 않는다. 영화에 대해 진지하게 고민하고, 진지한 영화를 보고 그것에 대해 심각하게 토론도 해보고 싶은 분들이 영화의 의미나 속뜻에 대해 궁금해하고 이야기나누고 싶어

한다. 그리고 이런 분들은 어렵다는 영화를 보는 데 주저함이 없다. 아니 오히려 기다렸다가 꼭 챙겨 보는 경우가 더 많을 것이다. 사실 나도 그랬다.

이창동의 〈버닝〉(2018)이나 요르고스 란티모스의 〈킬링 디어〉(2017)같은 영화를 보고 나면 그런 분들은 완전히 매혹되고 만다. 불규칙하고, 비정형적이면서도 폭발적인 에너지가 영화 전반을 감싸고 있으니 말이다. 완전히 푹 빠져서 두 시간 가량을 보고 나면, 그 세계에 깊이 빠져들게 된다. 뭔지 설명하기 힘들지만 뭔가 이야기하고 싶고, 설명하고 싶고, 분명 숨은 의미가 있는 듯해 찾고 싶어지는 것이다.

이렇듯 영화의 표면 아래 숨겨진 의미를 서브텍스트(subtext)라고 한다. 난해한 영화들은 서브텍스트가 두터운 작품이라고 할 수 있다.

사실 좋은 영화들은 그런 에너지를 갖고 있다. 영혼을 완전히 각성시키는 힘 말이다. 각성된 영혼은 쉽사리 현실로 돌아가지 않는다. 계속 그 영화 속 세상을 맴돌고 싶어 하는데, 그렇게 매료된 영화에 머무는 행위 중 하나가 바로 영화에 대한 글을 쓰는 것이다. 사랑하니까, 좋으니까 글을 쓰고 싶은 것이다.

그럼에도 불구하고, 〈버닝〉이나 〈킬링 디어〉 같은 영화를 보고 나면, 뭔가 일관적으로 설명하기 어렵고 난해하다.

두 영화엔 흥미롭게도 공통적인 대사가 하나 등장한다. 그것은 바로 "메타포(Metaphor)"이다. 〈버닝〉에서 벤(스티븐 연)은 비닐하우스를 태우러 다닌다면서 그건 하나의 메타포라고 이야기한다. 〈킬링 디어〉에서는 괴물 같은 소년 주인공 마틴이 자신의 팔을 물어뜯으며 그것을 두고 메타포라고 지칭한다.

어렵다고 생각되는 영화들의 공통점 중 하나는 바로 메타포가 많다는 사실이다. 메타포는 가장 대표적인 서브텍스트이다. 〈버닝〉의 해미의 방에서 보이는 '남산타워', 한 번도 본 적 없는 해미의 고양이도 메타포이다. 〈킬링 디어〉의 감자튀김이나 선물받은 시계도 메타포이다. 즉, 이 작품 안에서 남산타워, 고양이는 단순한 지시성을 넘어선 다른 의미, 즉 서브텍스트를 갖는다. 시계와 감자튀김도 우리가 일상에서 사용하는 그런 용법의 의미는 아니다.

칸느영화제에서 여우주연상을 받았던 2012년 영화 〈멜랑콜리아〉(라스 폰 트리에)야말로 정말이지 매우 난해한 메타포로 평범한 관객들을 혼란에 밀어 넣는 영화 중 하나라고 할 수 있다. 〈멜랑콜리아〉는 이미 제목부터 메타포인데, 그 의미 중 하나가 우울이라면 다른 하나는 지구와 충돌하기 위해 다가오고 있는 행성의 이름이다.

영화가 시작되면, 8분여가 넘는 오프닝 시퀀스가 펼쳐지는데, 여기엔 수많은 비유가 넘쳐난다. 〈트리스탄과 이졸데〉라는 음악이 흐르고, 밀레이의 그림 〈오필리어의 죽음〉을 연상케하는 장면이 지나가며, 온몸에 넝쿨을 감싼 웨딩드레스 입은 신부가 지나가는가 하면, 하늘에서 새가 떨어지고, 존재하지 않는 19번 홀의 깃발이 흩날린다. 게다가 이 모든 장면은 엄청나게 느린 속도로 보여지는데, 실상 이 슬로우 모션은 초고속 촬영의 결과물이다. 〈나태〉라는 제목을 가진 브리겔의 그림, 음악, 표정 등 모든 것이 영화의 서브텍스트를 가리키는 메타포들이다. 이 다층적 메타포는 영화 전체의 줄거리를 암시할 뿐만 아니라 주제부를 형성한다.

복잡한 메타포를 읽어내는 것, 그런데, 이런 상징과 도식을 읽어내는 과정은 매우 지적인 즐거움과 쾌감, 만족감을 준다. 메타포를 읽어냄으로써 영화가 말하지 않지만 보여주고자 했던 서브텍스트와 만난다. 텍스트는 모두에게 동일하지만 서브텍스트는 누구에게나 읽히지는 않는다. 훈련하고 연습해야 서브텍스트는 읽힌다. 소위 말하는 어려운 영화는 이렇듯 텍스트보다 서브텍스트가 두텁고, 강한 작품을 지칭할 때가 많다. 어려운 영화를 보며 느끼는 만족감의 일부는 이 성취감에 있다. 그러나 이런 만족이 도착적인 성취감만은 아니다.

예술가들은 우리가 일상생활을 살기 위해 무디게 만들

어버린 그런 감각들을 다시금 예민하게 되살려내는 사람들을 가리키는데, 이렇듯 미학적이며 비일상적인 메타포들은 일상에 벼려진 순수한 미적 감각을 살리는 데 도움이 된다. 미적 체험으로서의 예술, 순수예술로서의 영화, 그런 충족감이야말로 이렇듯 난해하고 까다로운 영화를 만들고 즐기는 이유라고 할 수 있다.

7.
주제에 가까워지는
몇몇 접근법들

마음속 아이를 깨워보자

영화를 보고 나서 느끼는 감동의 진원지는 바로 '나'이다. 나의 체험 속에 감동의 요소들이 다 있다. 〈토이 스토리〉(1995, 존 라세터)는 아이 앤디와 앤디가 가지고 있는 장난감들 사이에서 벌어지는 사건을 중심으로 이루어진다. 앤디가 사랑했던 장난감 우디가 있는데, 좀 더 새롭고 멋진 장난감 버즈가 집에 들어오면서부터 문제가 생기는 것이다. 우디는 처음엔 버즈를 내쫓기 위해 고군분투하지만 결국 공공의 적을 두고 싸우면서 새로운 우정을 갖게 된다. 〈토이 스토리〉의 중심에는 아이의 마음이 있다. 이 동심은 장난감을 가지고 놀았던 어린 시절의 추억이기도 하지만 어린 시절, 장난감들이 내가 잠든 사이 깨어나진 않을까 궁금해했던 순진한 호기심의 다른 이름이기도 하다.

많은 애니메이션은 이 동심, 사물이 살아 움직일 수 있다는 순수한 믿음에서 출발한다. 꽃과 곤충들이 살아 움직이면서 사람처럼 말을 하고, 장난감들 역시 생각도 하고, 노래도 하고, 말도 하며 움직인다. 이 물활론이야말로 디즈니의 캐릭터들을 생동감 있게 만들어내는 원천이다.

여기에 한 가지가 더 있는데, 그건 우리가 성장하면서 어느 새 잊었던 성장의 드라마를 기억해내는 것이다. 새 장난감때문에 소외감을 느끼는 우디의 마음은 동생이 생겨 갑자기 부모님의 관심을 잃어버린 형, 누나, 언니, 오빠가 느끼는 박탈감과 닮아 있다. 우리는 새 장난감과 헌 장난감의 대결을 보면서 어느 새 동생들에 의해 밀려난 듯 작아진 기분을 느꼈던 어린 시절의 그 체험을 떠올리게 된다.

〈보스 베이비〉(2017, 톰 맥그라스)에 등장하는 이야기들도 그렇다. 사실, 아이를 위한 이야기이지만 어른들도 모두 공감하는 영화가 되는 이유는 어른의 마음속에 동심이 작은 씨앗으로 남아 있기 때문이다. 영화를 보면서 촉촉이 적셔지면 언제든 그 씨앗에선 잊혀졌던 마음이 싹트곤 한다. 〈인사이드 아웃〉(2015, 피트 닥터)이 사춘기 소녀의 복잡다단, 좌충우돌 마음속 세계를 입체적으로 보여준 이유도 마찬가지이다. '마음이 마치 하나의 인격처럼 나뉘어져 있다면'이라는 동심에서 출발한 이 애니메이션은 결국 우리 모두의 마음속에 있는 어떤 감정의 연결고리를 통해 누구나 다 공감할 만한 이야기가 된다.

이렇듯 동심은 이야기를 만들어가는 스토리텔러에게도

중요한 미덕이지만 그런 이야기를 보고, 소비하고, 즐기는 관객에게도 무척이나 소중한 감정이다. 그 감정을 되돌이킴으로써 이야기를 만든 스토리텔러와 공감하고 또 그 이야기를 함께 나눈 다른 관객들과 소통하며, 더 나아가 자신만의 새로운 이야기를 만들어낼 수 있다. 좋은 글을 쓰기 위해서 어려운 이론이나 인문학 서적만 뒤적일 게 아니라 나의 마음을 들여다볼 필요가 있다는 의미이다. 사람은 크게 다르지 않다. 그게 바로 영화 글쓰기의 무척이나 소중한 소재인 동심이다.

지나친 독서는 없다

이미 앞서 이야기하기도 했지만, 글을 잘 쓰기 위해선 글을 많이 읽어야 하고 또 잘 읽어야 한다. 많이 읽는 건 무엇이고 잘 읽는 건 또 무엇일까? 많이 읽는 것과 잘 읽는 것은 좀 다른 독서 행위이다. 많이 읽는 것은 두 가지를 의미하는데, 우선 분야를 불문하고 많은 권 수의 책을 읽는 걸 의미한다. 하지만 조금 더 풀어서 이야기하자면 목적을 갖고 나누어 읽는 방법과 요령을 알아야 한다. 글을 잘 쓰기 위해서는 잘 쓰고 싶은 분야의 책을 읽는 것도 좋다. 에세이를 잘 쓰고 싶다면 잘 쓰는 에세이 작가를 골라 그 작가의 책을 여러 권 읽어보거나 혹은 여러 에세이 작가를 골라 그들이 쓴 책들을 골고루 읽어볼 수 있다. 모두 좋다.

하지만 이렇게 쓰고 싶은 분야의 글만 골라 읽다 보면 자칫 그들의 스타일이나 문체, 말투, 사고방식과 너무 닮아 버리는 경우가 생긴다. 그러다보면 자기 글을 쓰는 게 아니라 다른 사람 글쓰기의 베끼기가 될 수 있다. 그런 식으로 잘 쓴다고 해도 아류에 불과해진다. 냉혹하지만 아류나 베끼기는 독자의 공감을 얻기가 힘들다. 그러므로 결국 잘 쓰기 위해서는 쓰고 싶은 글 이전에, 글감에 도움이 되는 책을 읽어야 하는데, 그게 바로 인문학이다.

여기서 말하는 인문학이란 다종다양한 세상의 모든 책들을 의미한다. 우선 소설책을 들 수 있다. 테드 창의 SF를 읽는 것은 소설 읽기 이상의 지적 즐거움을 준다. 실제 과학자이기도 한 그의 글은 과학의 이론과 소설의 서사가 만나 어떤 기적을 이뤄내는지 잘 보여준다. 톨스토이의 소설은 인간학적 깊이를 깨닫게 해주고, 필립 로스의 소설은 이야기의 오랜 목표인 아이러니가 어떤 방식으로 심화될 수 있는지 정말이지 통렬하게 보여준다. 밀란 쿤데라의 소설은 철학과 소설 중간쯤에 걸쳐 있는데, 몇몇 구절은 아예 밑줄을 긋고 직접 인용하고 싶을 정도로 정곡을 찌르는 데가 있다. 밀란 쿤데라는 잠언을 자주 활용하는데, 이런 에피그램식의 글쓰기를 메모해두고 자신의 생각과 비교해보는 것도 도움이 된다.

최근에는 도리스 레싱의 소설 『19호실로 가다』를 읽었는데, 거기서 '이해와 용서는 다르다'는 구절을 발견했다. 이해는 용서할 수 없을 때 하는 것이라는 것이다. 나는 여기서 이해와 용서에 대한 글을 착안해, 2018년 11월 23일자 〈경향신문〉칼럼「그녀는 이해받고 싶다」를 썼다.

아예 심리학이나 철학 책을 읽어보는 것도 도움이 된다. 우리의 심리는 언제나 스스로의 궁금증을 불러일으킨다. 심리학의 최종 목적이 자기 자신을 분석하는 것이라고 들은 바 있는데, 나는 이 말을 듣고 무척 공감이 갔다. 프로이트, 융, 라깡, 지젝과 같은 유명한 심리학자, 정신분석학자들의 책을 읽어보자. 영화 속 인물의 기기묘묘한 심리, 다양한 선택, 까다로운 행동을 이해하는 데 분명 도움이 된다.

철학책, 과학책, 성서나 신화도 도움이 된다. 많은 영화 서사들은 신화를 바탕으로 구성되기도 하는데, 그런 점에서 원서사를 이해하는 데 도움이 된다. 미술책도 좋고, 음악에 관련된 것도 좋다. 이미 눈치 챘겠지만 많이 읽어야 한다는 것에는 한계나 지침이 따로 없다. 말 그대로 많이 읽는 게 좋다.

애도에 대한 정반대 태도를 보여준 두 영화, 〈위 오운 더 나잇〉과 〈아임 낫 데어〉.

얼마 전까지는 욕망이 지적 유행이었고, 지금은 애도가 트렌드이다. 대상을 바꿔가면서 앞을 다퉈 장례식에 열중

하고 있고, 새로운 리빙 데드를 찾아서 두리번거리고 있다. (그저 단지 들뢰즈에서 데리다에로, 혹은 지젝에서 아감벤으로 아카데미 안의 명품이 시즌 패션을 바꾼 것이 아니라면) 왜 갑자기 상실이 그렇게 사람들을 매혹시키고 있는 것일까? 실패가 예정된 존재론. 타자에 대한 채무. 그런데 무엇을 빚지고 있는가? 대차대조표 안의 납골당 앞에서 이미 삼켜버린 타자를 토해내기 위해 자아는 왜 그렇게 고통받고 있는가? 성공적인 애도와 불충분한 애도 사이의 숨바꼭질. 이미지들이 날뛰고, 환영이 세상을 감싸고 있으며, 유령이 떠돌고 있다. 그 안에서 무엇이 도래하고 있는가? 그 뒤에서 무엇을 기다리고 있는가? 주어로서의 무엇과 목적어로서의 무엇. 둘 사이의 차이. 어제까지 정신분열증이 자본주의를 시적으로 정의하고 있었다면(들뢰즈-가타리의 니체적인 그 아름다운 문체), 이제 세계화를 설명하는 증세는 우울증의 산문이 되었다(아감벤의 하이데거적인 그 무미건조한 서술). 물론 이 자리는 신간도서를 소개하기에는 적절치 않다. 그 대신 여기서는 영화가 애도에 대해 보여준 두 가지 정반대의 태도, 그러니까 먼저 순진할 정도로 과도하게 표명할 때 어떻게 그 행위가 역설적으로 애도를 우스꽝스럽게 만드는지에 대해서 바라본 다음, 반대로 변덕스럽게 빈정거리는 이미지로 애도를 오작동시키려 들 때 어떻게 거기서 욕망이 변장을 하고 나타나는지를 쳐다볼 생각이다.

— 정성일, 「거기 없는 것을 어떻게 불러낼 것인가?」,
〈씨네21〉 2008년 6월 19일자.

위의 글은 영화평에 어려운 이론을 잘 녹여내기로 유명한 정성일 평론가의 글 일부이다. 정성일 평론가는 철학과 이론들을 자신의 글에 그럴 듯하게 배치하는 것으로 정평이 나 있다. 그 자체가 정성일 스타일이라고 할 정도이다. 정성일 나름의 세계를 구축한 것이다. 하지만 아무나 함부로 따라했다가는 지적 허영에 빠진 글로 외면당하기 일쑤이다. 현학적인 면을 스타일로 갖기까지에는 정성일 평론가의 오랜 공부와 글쓰기가 있다. 욕심난다고 함부로 따라 해서는 안 된다.

여기서 두 번째 말한, 잘 읽는 것이 중요해진다. 단지 권수를 늘리고, 인터넷 서점의 마일리지를 쌓아가는 것을 두고 잘 읽는 것이라고 말할 수는 없다. 앞서 쿤데라 소설 읽기에 대해서 이야기했듯이 책을 읽을 땐 대화를 하듯 읽어야 한다. 마치 저자에게 직접 이메일이나 전화를 걸 듯이, 공감이 가는 문장엔 밑줄로 꽉꽉 동의를 해주고, 의문이 가는 데엔 댓글을 달 듯이 메모를 붙여 자신의 의견을 남겨둔다. 그리고 때론 저자가 책에 인용하거나 읽었다고 말한 도서 목록들을 따로 기록해두었다가 따라 읽어보는 것도 잘 읽는 방법 중 하나이다. 이처럼 적극적으로 읽는 것, 멍하게 읽지 않고 초집중해서 읽는 게 잘 읽는 것이다.

여러 권의 책을 많이 읽으면서, 잘 읽는다는 건 무척 힘들다. 힘들지만 노트를 만들어 독서의 기록을 남기거나 SNS나 문서 프로그램에 기록들을 남겨두면 어느새 꽤나 듬뿍 쌓인 스스로의 독서록에 만족과 뿌듯함을 느낄 때가 있을 것이다. 그리고 이러한 독서를 해두면 글의 품이 달라진다. 권위 있는 대가들의 승인을 얻는 듯, 글이 훨씬 더 어엿해진다.

물론 그렇다고, 마치 주석이 잔뜩 달린 논문처럼 남의 말에 숨어 자신의 의견을 드러내지 못하는 글은 못난 글임을 잊지 말아야 한다. 호가호위 즉 호랑이 등을 타고 으스대는 여우처럼, 그런 글은 정말이지 비참할 정도로 못났다. 신문이나 잡지에 실리는 칼럼 들 중에 이런 글들을 많이 보게 되는데, 도대체 자기 자신은 알고나 썼는지 의심이 갈 때도 있다. 이론적인 내용이나 권위 있는 사상가의 이름은 글 속에 내 것과 녹여낼 줄 알아야 한다. 많이 읽고, 잘 읽는 게 능숙해지면 가능한 일이다. 그러니 우선 많이 읽고, 잘 읽는 데 집중해보자.

원작은 친절한 안내자

영화는 서사의 일종이다. 서사는 줄거리와 플롯을 가진 이야기를 뜻하는데, 여기엔 영화 외에도 많은 매체들이 포함되어 있다. 대표적으로 소설도 있고, 드라마, 연극, 뮤지컬도 있으며 20초짜리 광고에도 서사는 있다. 시간의 흐름과 사건이 있다면 서사의 최소 조건을 충족한 셈인데, 그런 의미에서, 이렇듯 다른 서사 매체를 활용해 만든 영화들도 많다. 즉 원작이 있는 영화가 많다는 것이다.

대표적인 것으로 최근 할리우드 블록버스터의 대부분을 차지하는 마블 원작의 영화들을 예로 들 수 있다. 〈아이언맨〉, 〈토르〉, 〈앤트맨〉, 〈데드풀〉 등은 모두 원작 만화를 가지고 있다. DC 코믹스 작품인 〈배트맨〉이나 〈슈퍼맨〉 역시 만화가 먼저였다. 이 원작들을 토대로 마블의 시네마틱 유니버스가 만들어졌고, 영화화되고 있다.

〈레 미제라블〉(2012, 톰 후퍼)처럼 원래 소설이었지만 뮤지컬로 각색되고 이후 송 쓰루(Song Through) 영화로 재해석

되어 사랑받은 작품도 있다. 영화 〈왕의 남자〉(2005, 이준익)와 〈살인의 추억〉(2003, 봉준호)은 각각 연극 〈이〉(2000, 김태웅)와 〈날 보러 와요〉(1996, 김광림)를 원작으로 삼고 있다. 이렇듯 다른 매체의 작품들이 영화화되는 경우는 무척 흔하게 발견할 수 있다.

그중에서도 가장 많은 경우는 바로 소설을 원작으로 만들어진 영화가 아닐까 싶다. 과거에는 아예 문예영화라는 일종의 장르가 존재했는데, 저명한 문학 작품을 원작으로 만든 작품을 일컬었다. 최근에는 권위를 갖춘 문학을 영화화하던 과거의 경우와는 좀 다른 의미에서 베스트셀러가 영화화되는 경우가 더 많다. 『잘못은 우리 별에 있어』, 『브리짓 존스의 일기』, 『악마는 프라다를 입는다』와 같은 경우가 그럴 것이다.

특히 영어덜트 장르라고 불리는 미국의 새로운 장르는 『해리 포터』를 읽고 자란 세대들의 판타지에 대한 욕구를 채워줌으로써 거의 대부분 영화화되었다. 〈헝거 게임〉, 〈메이즈 러너〉와 같은 작품들이다.

영화를 볼 때, 원작이 있다는 것은 매우 친절한 안내자를 두는 것과도 같다. 영화를 보기 전에 미리 줄거리를 알고 있다는 것은 영화를 보는 데 방해가 되는 게 아니라 오히려 비평적이며, 독창적인 시선을 갖는 데 도움이 된다. 소설을 읽게 되면, 나만의 해석을 하기 마련이고 이러한 해석을 갖고 영화를 보면 아무래도 적극적으로 영화를 볼 수밖에 없기 때문이다.

그런 의미에서, 영화 글쓰기를 처음 할 때엔 원작, 특히 고전을 원작으로 삼은 영화들을 대상 작품으로 삼아 보는 게 도움이 된다. 고전은 많은 비평과 감상을 갖고 있기 마련이다. 마음만 먹으면 많은 참고 자료들을 접할 수 있다. 이야기를 어떻게 봐야 할지 갈피를 잡기 어려울 때, 이렇듯 이미 존재하고 있는 기존의 글들은 내 생각을 벼리고, 조율하는 데 도움이 된다.

원작과 영화를 비교하는 과정도 무척 흥미롭고 도움이 된다. 원작에서 매우 중요하게 다루던 이야기가 영화에선 빠지는 경우가 있다. 반대로, 원작에서는 거의 작게 다뤄진 소소한 부분이었는데, 영화화되면서 중점적으로 부각되는 경우도 있다. 이는 원작을 해석하는 과정에서 빚어지는 변주인데, 이런 부분을 발견하고 써보는 게 큰 도움이 된다. 바로 자기만의 관점을 갖는 게 무엇인지 잘 보여주는 실례이기 때문이다.

다음 글은 이창동 감독의 영화 〈버닝〉에 대한 글이다. 원작 소설과 그 원작 소설이 영향을 받은 작품, 각색된 영화 사이의 관계에 주목하고 있다는 점에서 원작과 영화를 어떤 방식으로 사고할 수 있는지 보여준다.

이창동 감독의 영화 〈버닝〉은 무라카미 하루키의 소설 「헛간을 태우다」를 원작으로 삼고 있다. 분명히 크레디트에 그렇게 쓰여 있다. 하지만 영화를 보고 나면, 일어나고 있는 서사적 사건이나 대사들은 하루키의 것이 맞지만 그 정서나 주제는 오히려 윌리엄 포크너의 소설 「헛간 타오르다(Barn Burning)」에 더 가깝다는 생각이 든다. 공무집행을 방해하고, 손가락 골절을 일으켰다는 이유로 실형을 선고받는, 아들 종수(유아인)가 일컫기를 일종의 분노조절장애를 앓고 있는 그 아버지의 모습과 「헛간 타오르다」의 아버지 모습이 훨씬 더 닮아 있기 때문이다. 종수는 하루키의 소설 「헛간을 태우다」에 등장하는 '나'보다, 가난한 방화꾼 아버지의 아들 '사티'에 가깝다. 그렇다. 이 글의 맨 앞부분에 서술된 이야기는 바로 윌리엄 포크너의 소설 「헛간 타오르다」의 일부분이다.

하루키의 소설이 영화화되면서 크게 달라진 부분은 단 하나이다. 바로 주인공이다. 그런데 이 차이로 이야기는 완전히 다른 세계로 이동한다. 원작 「헛간을 태우다」의 '나'는 30대 중반의, 카망베르 치즈를 좋아하고, 마일즈 데이비

스의 '에어진'과 사티르 명인 라비 상카의 음악을 즐겨듣는, 세련된 여피족이다. '나'는 재즈와 와인, 가볍지만 섹시한 관계, 추상적이지만 본질적인 의문을 사랑하는, 그래서 타인의 삶에 무심하고 적당히 거리를 둔다. 그게 사는 데 더 유리하다고 믿는 인물이니 말이다.

하지만 이창동 〈버닝〉의 주인공 종수는 20대 중반이며, 가진 게 없고, 가지려면 건강한 육체밖에 쓸 게 없는 인물이다. 종수는 망해버린 축사 곁에서 대남방송과 뉴스를 들으며 잠이 든다. 소설에서는 아내가 자리를 비운 주인공의 집에 두 남녀가 찾아온다. 아내가 없는 집에 여자 친구 커플이 찾아오는 건 의외의 사건이었지만 소 한 마리 겨우 남은, 무너져 가는 축사 옆 종수의 집에 두 남녀가 찾아오는 것은 당황스러운 일이다. 같은 사건이지만 그 정서는 너무 다르다.

무엇보다 종수와 '나'는 계층과 연령이 다르다. 원작의 '나'는, 번쩍이는 은색 외제차를 가진 남자만큼 잘살지는 않지만, 그런 부에 무관심하다. 아니, 작가인 '나'는 그 사람과 사교모임에서 우연히 만날 만큼 비슷한 처지다. 노는 물이 크게 다르지 않은 것이다. 하지만 종수는 벤(스티븐 연)과 우연히 만날 일이 거의 없다. 벤을 만나려면 종수는 잠복하고, 추격해야 한다. 사는 곳, 노는 물이 다르니까. 그들의 세계에 교집합이 없으니 말이다.

- 강유정, 「버닝의 종수에서 포크너의 사티를 읽다」,
《경향신문》 2018년 5월 25일자.

이 글은 영화 〈버닝〉을 이야기하면서 그 원작이 된 소설 하루키의 「헛간을 태우다」와 동명의 제목을 가진 포크너의 소설 「헛간 태우다」를 연관 지어 생각해보고 있다. 영화 속에서 실제로 주요 인물 벤(스티븐 연)이 포크너의 소설을 읽고 있다는 점에서, 이 두 작품은 꽤나 관련이 있어 보인다. 이처럼 영화만 본다면 놓칠 수 있는 부분을 원작이 된 소설과 그 원작과 연관된 소설을 읽어봄으로써 훨씬 더 다양하고, 풍부하게 볼 수 있다. 조금의 노력을 보태면 말이다.

현학도 도움이 된다

영화에 대한 글들을 읽어보면 박학다식한 이론들을 참고하는 경우를 종종 보게 된다. 물론, 영화에 대한 글을 쓰는 데 이론을 꼭 인용하거나 사용할 필요는 없다. 하지만 적기 적소에 제대로 인용된 이론은 글의 품격을 높여주고, 글쓴이의 공부 됨됨이를 증명해주기도 한다. 남용하면 천박해지지만, 제대로만 쓰면 글에 대한 신뢰를 높여주는 게 바로 이론이다.

이론들은 생각보다 정말, 많고, 다양하고, 깊다. 이론만 공부해도 아마 평생이 모자랄 것이다. 몇몇 기본적인 이론이 있다는 것을 안다는 것은 무척 중요하다. 그것을 깊이 있게 공부하는 것은 각자의 역량이지만 어떤 이론들이, 어떤 영화들의 해석이 도움이 되는지 정도는 기본적으로 알아둘 필요가 있다.

가령, 베르나르도 베르톨루치 감독의 〈마지막 황제〉는 수많은 아카데미 상을 수상했지만 오리엔탈리즘이라는 비난에서 자유롭지 못했다. 여기서 말하는 오리엔탈리즘은 에드워드 사이드가 주창한 문예이론인데, 서구의 입장에서 동양을 마음대로 전유해 미학적으로 형상화하는 것을 일컫는다. 뮤지컬 〈나비부인〉에서 발견할 수 있는, 일본인 게이샤에 대한 서양 남성들의 환상이나 〈사랑도 통역이 되나요?〉(2004, 소피아 코폴라), 〈블레이드 러너〉(1982, 리들리 스콧)와 같은 영화들에서 발견할 수 있는 일본에 대한 이미지들도 이러한 서구적 환상을 잘 보여준다. 반면, 마르그리트 뒤라스의 소설 『연인』을 원작으로 한 〈연인〉(1992, 장 자크 아노)은 이러한 오리엔탈리즘이 역설적으로 뒤집혀 있는 모습을 보여준다. 프랑스는 동남아시아의 작은 나라를 지배했지만, 가난한 프랑스 소녀의 여성성은 중국인 갑부에 의해 소모된다. 이 기묘한 역발상으로 〈연인〉은 단순한 포르노그래피나 오리엔탈리즘을 넘어서 아이러니로 확장된다.

〈캐롤〉이나 〈콜 미 바이 유어 네임〉은 퀴어 이론에 따라 읽으면 더 많은 것을 볼 수 있고, 박찬욱의 〈아가씨〉는 페미니즘 이론을 통해 좀 더 풍성해질 수 있다. 히치콕의 수많은 영화들은 정신분석학의 실감 있는 사례연구처럼 보이기도 하고, 〈감각의 제국〉(1976, 오시마 나기사)은 반제국주의를 향한 개인의 탈선으로 볼 때 외설적 포르노그래피를 넘어서게 된다. 〈펄프 픽션〉을 B급 하위문화를 전용한 포스트모

더니즘으로 읽고, 〈프라하의 봄〉(1988, 필립 카우프먼)을 키치 (Kitsch)를 통해 읽을 때 달라질 수 있는 것도 마찬가지이다.

이렇듯 문예이론은 꼭 글에 인용할 필요는 없지만 그래도 모르는 것보다는 아는 게 좋고, 잘 적용하면 글에 깊이감을 선사하는 것도 사실이다. 영화를 보고 뭔가 읽어내기 어려울 땐, 이미 다른 필자들이 읽어낸 자료를 활용해, 그 방식을 연구해보는 것도 좋다. 역시 잘 모를 땐, 동료와 선배들이 좋은 선생이자 스승이 된다. 특히 글쓰기와 같은 혼자만의 공부일 땐 더욱 그렇다.

배우가 주제가 되기도 한다

영화를 왜 좋아하게 되었을까? 스스로에게 한번 질문을 던 져보자. 이 질문엔 다양한 답이 있겠지만. 아마도, 누구든, 영화를 좋아한다면 사랑하는 배우가 하나쯤은 있기 마련 이다. 만약, 특별히 좋아하는 배우가 없다는 생각이 든다면, 자신이 정말 영화를 좋아하는 게 맞는지 의심해볼 필요가 있다.

배우를, 스타를 좋아하는 건 영화를 사랑하는 다양한 방 식 중 하나이다. 부끄러워하거나 숨길 필요가 없다. 단순히 잘생기거나 예뻐서 좋아하기 시작하기도 하지만, 그 애정이 그 배우의 필모그래피를 따라가면서 더 깊이감을 가지게 되 기도 한다.

어떤 배우를 좋아하면, 그들이 출연하는 영화들을 손꼽 아 기다리거나 챙겨볼 수밖에 없다. 어떤 작품은 기대를 충 족시켜주기도 하지만 때론 실망시키기도 한다. 그럴 땐 만족 한 이유와 그렇지 못했던 이유를 글로 써보자. 그게 확장되고 깊어지면 바로 그 글이 배우론이 된다. 영화 글쓰기라고 해서 꼭 작품과 감독, 장르에 대해서 쓰라는 법은 없다. 배우에 대한 글도 분명 영화 글쓰기이다.

배우를 좋아한다는 것은 그 배우의 선택을 존중하고, 연기의 차이점을 발견하며, 거기서 섬세한 뉘앙스를 읽어낸다는 뜻이기도 하다. 나 같은 경우는 배우 전도연을 무척 좋아하는데, 전도연은 출연한 영화들이 비록 평범할 때조차도 매우 비범한 순간을 만들어내는 능력이 있다. 〈무뢰한〉(2015, 오승욱)같은 경우가 그러했는데, 닳을 대로 닳고, 떨어질 데가 없을 정도로 초라하게 전락한 술집 마담을 연기하는 와중에도, 전도연은 삶의 아이러니와 우수를 눈빛과 움직임으로 담아내고 있었다. 그래서, 전도연이 스크린에 머물 때면, 영화가 단연 아름다워지고, 일종의 깊이감을 갖게 된다. 삶이란 뭐 이렇게 형편없는 모순 투성이일까라는 제법 그럴듯한 인생론도 떠오르면서 말이다.

그런 의미에서, 영화 〈아수라〉를 옹호하면서 특히 배우 정우성의 매력에 큰 부분을 할애한 평론가 김영진의 글을 한번 보자.

얼굴의 스펙터클

이제 마지막으로 정우성의 얼굴에 대해 논할 차례다. 〈아수라〉의 빛나는 성취는 정우성의 얼굴이 없었으면 불가능했을 것이다. 이 영화에서 신의 축복으로 빚어진 정우성의 잘생긴 얼굴은 고난의 기호로 표상된다. 정우성이 연기하는 한도경의 얼굴은 과도하게 짓이겨지고 상처입고 밴드로 덧대어진 상태로 전시된다. 젊었을 적 정우성의 얼굴은 잘생겼으되 그 잘생김을 저 자신도 어쩌지 못해 숨기지 못하는 나르시시즘의 기운으로 충만했다. 그의 젊은 시절 대표작인 〈비트〉(1997)는 이런 자기도취적 기운을 청춘의 분위기에 실어 낭만성으로 포장했지만 그 미모가 스러져갈 운명임을 예감조차 하지 못하는 듯 느껴지기 때문에 백치미에 갇히는 위험을 극복하지 못했다. 저의 운명이 어찌될 줄 모르는 듯 보이는 그 숙명적인 백치미는 그 이후로도 오랫동안 정우성의 잘생긴 얼굴이 짊어져야 할 부담이었다. 〈무사〉(2001)에서의 비장한 호위무사 역에서도, 〈좋은 놈, 나쁜 놈, 이상한 놈〉(2008)에서 보여준 호방한 미모에서도, 심지어 일부러 어리벙벙한 촌놈을 연기한 그의 또 다른 대표작 〈똥개〉(2003)에서도 정우성의 자기도취적 백치미의 부담은 지워지지 않았다.

〈아수라〉에서 정우성은 전혀 다른 것을 보여준다. 중년이 된 실패자로서의 형사의 얼굴, 남을 이유 없이 때리고 그 이유 없는 폭력의 대가를 자신의 얼굴을 통해 고스란히 되돌려받는 조종당하는 자로서의 아픔을 드러내는 얼굴, 이제 중년이 된 정우성의 얼굴은 자기도취적 백치미를 완전하게 거두어내고 패배의 숙명을 감내해야 하고 할 수 있다고 다짐하는 자의 그늘을 만들어낸다. 한도경은 영화 내내 상대를 제압하는 것이 아니라 상대의 기운을 끝까지 받아내고야 말겠다는 눈빛으로 일관하는데 뱃속 깊은 곳에서 끌어낸 그런 자신의 기운도 결국은 상대의 권력 앞에서 소진하고야 말 것이라는 체념을 감추지 못하는 표정을, 정우성의 한도경은 연기한다. 극중 한도경도 연기하고 그런 한도경 역의 정우성도 연기한다. 이 이중의 연기를 관객이 체감하게 하면서 정우성은 자신의 배우 인생에서 새로운 전기를 맞이했다. 이 영화를 통해 비로소 획득한 이 존재감, 배우의 기운이 인물의 기운과 겹치는 단계로 올라선 이것은 영화 속 어떤 액션 장면보다 볼 만한 얼굴의 스펙터클을 만들어냈다.

— 김영진, 「아수라가 표현한 깊은 단념의 정조」,
《씨네21》 2016년 10월 18일자.

이런 배우, 그러니까, 단순히 눈만 즐거운 게 아니라 삶의 태도와 우리의 삶 전반에 대한 질문까지 가능하게 하는 배우들이 있다. 간혹 어떤 영화는 이렇듯 배우에 따라서 완전히 다른 세계로 접어드는 매력을 선사할 때가 있다. 배우의 어떤 연기 하나가 영화가 설명하고 싶어 하는 것 이상의 메시지를 전달하기도 하는 것이다. 그러므로, 무릇 배우를 사랑하고, 배우를 기억한다면, 그것만으로도 좋은 영화 글쓰기는 가능해질 수 있다.

8.
좀 더 전문적인
글을 쓰려면

매체 글쓰기

이제 영화 글쓰기의 기본은 대략 갖춰졌다. 만약, 이 정도의 방법과 기술, 조언을 택하고 나면 좀 더 본격적인 글쓰기를 하고 싶어질 것이다. 본격 영화 글쓰기라고 한다면 몇 가지에 따라 나뉜다. 우선 매체에 따라 나뉜다. 칼럼니스트로서 글을 쓴다면 신문, 잡지, 온라인 매체 등에 청탁을 받아 글을 기고하게 된다. 이 때 중요한 것은 세 가지이다. 하나는 시의성, 두 번째는 마감, 세 번째는 분량에 맞는 글쓰기이다.

매체는 온라인이든, 오프라인이든 출판을 전제로 한다. 따라서, 블로그처럼 필자가 쓰고 싶은 만큼 써서, 올리고 싶을 때 올릴 수는 없다. 말하자면, 이제부턴 개인적인 글쓰기가 아니라 말 그대로 공적인 글쓰기를 해야 하는 것이다. 그러기 위해서는, 글 쓰는 매체의 특성에 맞는 시의성이 필요하다. 일간지라면 하루하루 변하는 관심사에 맞는 글, 주간지라면 한 주 정도 두고 읽어도 되는 면밀함, 월간지라면 여러 번 읽어도 읽을 만한 행간의 깊이, 계간이라면 자와 연필을 들고 밑줄까지 긋고 읽을 정도의 공부와 자기 점검이 필요하다.

그리고 무엇보다 매체 글쓰기에는 마감이라는 게 있다. 일간지에 그 하루를 지나 송고하는 원고는 무용지물이다. 2월호 원고는 2월호에 실려야 하고, 계간 가을 원고는 가을에 실려야 한다. 마감을 염두에 두어야 하는 것이다.

또 하나 분량이 정해져 있다. 대개 일간지는 원고지 8매 분량을 요구하는데, 여기에 맞춰서 써야만 한다. 신문이라는 매체는 여전히 판형 안에 기사가 실리는데, 이 판형은 넘치거나 부족한 글을 담을 여력이 없다. 그러니 맞춰야 한다.

그런데, 이게 꼭 답답한 노릇이 아니다. 글이란 시작과 끝이 있기 마련인데, 분량에 맞는 글쓰기야말로 이러한 사실을 절실히 깨닫게 한다. 24매, 60매 글, 100매짜리 글은 같은 주제와 소재, 작품으로 쓴다고 할지라도 완전히 다른 글이 되고 만다. 이런 다양한 분량의 글쓰기를 유연하게 해낼 때에야 비로소 전문적 글쟁이가 되었다 말할 수 있다.

전통적 영화 글쓰기

영화 글쓰기의 아주 오래된 양식으로는 장르론, 작가론, 작품론으로 나뉜 글쓰기 방식을 들 수 있다. 장르론은 말 그대로 장르를 중점에 두고 글을 쓰는 것을 말한다. 〈도둑들〉(2012, 최동훈), 〈오션스 일레븐〉(2002, 스티븐 소더버그) 등은 범죄 영화 중 하위 장르인 하이스트 무비라고 불린다. 대개, 이런 영화들에 대한 분석은 이 하이스트 무비 장르에 대한 분석과 동반되곤 한다. 〈화양연화〉는 로맨스이고, 〈블레이드 러너〉는 SF다. 일단 기본적으로 그 장르에 대한 영화사적 이해가 필요하고, 정보와 지식이 필요하다. 그것을 바탕으로 앞서 우리가 이야기했던 미장센, 배우, 연기, 서사 분석 등이 이뤄진다고 보면 된다.

작가론은 감독이 일정한 작가주의, 즉 영화를 통해 표현해내고자 하는 세계관을 추론하고 재구성하는 작업을 일컫는다. 자연스럽게 작가론은 단순히 감독이 아니라 작가라고 부를 수 있을 감독들을 대상으로 이뤄진다. 우리가 흔히 예술영화 감독이라 생각하는 감독들이 주로 여기에 속하지만 때론 장르적으로 자기만의 문법을 개척하고 마련한 대중적 감독들에게 할애되는 경우도 있다. 감독 위주의 분석과 비평이 바로 작가론이라 보면 크게 틀리진 않다.

마지막 작품론은 대개의 영화 글쓰기가 속하는 방식이다. 하나의 단일 작품에 대해 장르와 배우, 감독, 연출, 배경, 음악, 미장센 등을 다양하게 이야기하는 것이다. 워낙 수많은 영화들이 개봉하고, 사라진다. 많은 영화 글쓰기들이 그 주에 새롭게 개봉하는 새로운 영화들에게 할애된다. 이렇듯 하나의 영화, 작품에 대해 글을 쓰는 것이 바로 작품론이다.

에필로그

글쓰기의 왕도는,

아쉽게도,

없다.

　다만 우선 써라. 다음엔 무조건 다시 읽고, 또 고쳐라. 시간을 두고 다시 읽는 게 좋다. 내쳐 읽으면 자신의 글이 가진 흠이 잘 보이지 않는다. 냉정하게 보기 위해선 거리와 시간이 필요하다. 연인처럼 잠시 휴지기나 냉각기를 가져보는 것이다.

　뛰어난 투수는 볼을 던지는 순간 스트라이크인지 볼인지 알 수 있다고 한다. 훌륭한 궁사가 활을 날리며 점수를 짐작하는 것 역시 같은 맥락이다. 그런데, 글도 그렇다. 자신의 글은 자신이 제일 잘 안다. 프로페셔널한 사람이 아마추어와 구분되는 것도 이 지점이다. 쓰고 나면 늘 만족하는 사람은 아마추어이고 쓰고 나서 불안해 다시 보는 사람이 프로이다.

다시 보는 것은 연습이며 능력이다. 무엇보다 좋은 글을 쓰기 위해서는 좋은 글을 많이 읽어야 한다. 탐나는 문장이나 질투 나는 문장이 없다면 허투루 읽은 셈이다. 정말 바싹 붙어 진지하게 읽다보면 나도 모르게 질투와 부러움, 존경과 경외가 생겨난다.

그런데, 자기가 쓴 글을 읽으려면 우선 써야 한다. 당연한 말이지만 참 쉽지 않다. 그러니, 우리가 이 책을 시작하며 처음 썼던 말로 다시 돌아갈 수밖에 없다. 일단 써라. 무엇이든, 용기를 갖고. 쓰기 시작할 때, 글은 완성된다. 그 끝에 나만의 스타일, 문체가 나올 수 있다.

직업으로서의 글쓰기를 시작한 지 10년이 훌쩍 넘었지만 여전히 글쓰기는 어렵다. 이게 위로가 된다면 좋겠다. 그리고 여전히 어떤 문장들을 보면 설렌다. 새로운 세계로 향하는 판타지 영화 속 출구를 찾은 것처럼 두근거린다. 세상엔 여전히 이렇게도 좋은 글과 문장과 작가가 많다는 점이 살아가는 데 낙이 된다. 읽고 쓰는 삶은 지치되 넘어지지 않는다. 많이 읽고 쓸수록 세상일에 대한 면역력이 높아지고, 쓸데없는 희망을 버리는 대신 삶에 대한 관대한 기대와 용서를 배우기 때문이다.

아직 젊을 때 우리는 세상을 용서하기 힘들다. 하긴, 젊은 시절부터 세상을 용서해서도 안 된다. 도리스 레싱의 말처럼, 하지만, 용서할 수는 없어도 이해할 수는 있다. 글은 그런 점에서 세상을 이해하는 매우 고급한 방식이다. 이 책을 여기까지 읽었다면 적어도 용서와 이해의 차이는 알았을 것이다. 그것만 알았다고 해도, 제법 삶이 더 나아지진 않을까? 글쓰기를 통해 우린 좀 더 의젓한 삶을 살 수 있다.

영화 글쓰기 강의

2019년 1월 20일 1판 1쇄 발행
2022년 3월 10일 1판 3쇄 발행

지은이　강유정
펴낸이　한기호
책임편집　오효영
편집　도은숙 정안나 유태선 김미향 염경원 강세윤
마케팅　윤수연
경영지원　국순근
펴낸곳　북바이북
　　　　출판등록 2009년 5월 12일 제313-2009-100호
　　　　주소 121-839 서울시 마포구 서교동 484-1 삼성빌딩 A동 2층
　　　　전화 02-336-5675 팩스 02-337-5347
　　　　이메일 kpm@kpm21.co.kr
　　　　홈페이지 www.kpm21.co.kr

ISBN 979-11-85400-87-7 03800

· 북바이북은 한국출판마케팅연구소의 임프린트입니다.
· 책값은 뒤표지에 있습니다.